Luisa Francia

DIE 13. TÜR

Frauenoffensive

1. Auflage, 1991

(Knollerstr. 3, 8000 München 40)

ISBN 3-88104-210-5

Satz: Ursula Benz, München
Druck: Clausen & Bosse, Leck
Umschlaggestaltung: Frauke Bergemann, München
unter Verwendung eines Motivs von Luisa Francia

Inhalt

Sie wollen doch nur dein Bestes – aber warum gibst du es ihnen immer wieder?

Eine Schwelle ist eine Schwelle ist eine Schwelle...

Komm ruhig rein! Zu spät, umzukehren, nicht wahr? Die Neugier treibt dich, ich weiß. Buchdeckel sind auch eine Art Schwelle. Du denkst vielleicht, was ist schon dabei, ein Buch mehr oder weniger... Du hast schon so viele Bücher gelesen, dir Filme und Fernsehsendungen reingezogen! Schadet ja nichts! Du hast den letzten Horrorfilm, die Encounter-Therapie, das Schwitzhüttenritual, die Survival-Reise überlebt, warum nicht auch dieses oder jenes Buch. Keine Schwelle überschreitet sich leichter! Eine gefährliche Einstellung ist das. Körperlich überleben wir ja so vieles! Wenn wir Glück haben, mutieren wir, wie Ratten, und überleben auch noch die patriarchale Zerstörung dieser Welt. Aber was ist mit der Seele, den zarten Schichten, die eigentlich Nahrung brauchen und immer nur Hammerschläge bekommen? Seelenverschmutzung holen wir uns, weil wir die Schwellen, die Übergänge, die unwiderruflichen Schritte nicht mehr kennen. Wir wollen so unverkrampft sein! So lernfähig!

Aber jedes Bild, jedes Wort, jede Handlung ist auch eine Beschwörung, eine Anrufung. Die Seele saugt alles ein, lagert es und pumpt es in deinen Organismus wie aus einer Langzeitkapsel. Ist es nicht Zeit, daß du dir Gedanken machst über die Übergänge in deinem Leben? Ich weiß, in unserer Kultur sind sie fast nicht mehr sichtbar. Das Ende der Seelennahrung fängt nicht erst bei der Bildzeitung an, das Ende der Körpernahrung ist nicht erst McDonalds. Heiterkeit fressen, wie soll das gehen?

Schwellen-Orte oder -Zustände sind gefährliche Verbündete. An allen Übergängen dieser und der anderen Welt warten die Abkassierer, die Mitläufer, die Mitesser, die Blutsauger, die Betrüger, die Heuchler, Autoritäten, Institutionen, Ordner, Prediger, Belehrer... An Übergangsorten sind Macht und Geld zu holen. Die Beschwörungen der christlichen Kirche hängen wie Nebelschwaden in diesem Grenzbereich: Büße! Leide! Bereue deine Sünden! Nur über Schmerz wirst du erkennen! Die Rauchschwaden der Hexenbrände vernebeln noch immer den Blick in andere Ebenen. Und immer wieder sagen wir „ja!" und sind gehorsam, anstatt in befreiendes Gelächter auszubrechen und NEIN zu rufen.

„Sie konnte der Versuchung nicht widerstehen. Als die Königin verreiste, nahm sie den Schlüssel, steckte ihn in die 13. Tür und öffnete sie. Goldenes Licht strömte aus dem Türspalt zu ihr, und als sie einen Finger hineinhielt, wurde er ganz golden. Soviel sie auch wusch und rieb, das Gold ging nicht ab..."

Du hast also die Tür geöffnet. Es ist zu spät, umzukehren. Der Finger ist und bleibt golden. Die 13. Tür ist offen. Wer sagt, daß die gefährlichen Begegnungen, die Schrekken der Fremde, in die du bei einer Grenzüberschreitung stolperst, nicht für dein Wachsen notwendig sind? Du mußt nur wissen, daß du diesen Schritt getan, das geschützte Terrain der Verantwortungslosigkeit verlassen hast. Nun sind es nicht mehr die anderen, die Umstände, das Pech, das dich verfolgt. Nein, jetzt bist du es selbst. Schritt für Schritt. Schwelle um Schwelle. Hüte dich!

Das Haben und das Tun

Was gibt es Schlimmeres als Nichtstuer, Faulenzer, Habenichtse! Da ist doch ein dynamischer Mörder noch besser! Hast du was, bist du was! Von nichts kommt nämlich nichts. Ja, so ist das bei uns. Wer nichts hat, kann sich gleich verkrümeln, denn bei uns herrscht bis zum letzten Atemzug und zur totalen Zerstörung der Erde das Prinzip: Haben und Tun. Als Lebensziel, Lebensinhalt, Lebenssinn. Da muß man doch etwas unternehmen! Tu doch was! Kann ich denn gar nichts tun? Bleib aktiv!

An Aktivität fehlt es uns denn auch nicht: Heilige Produktion, deine Verpackung komme! Dein Wille geschehe, in der Industrie wie auch in der Politik... Nein, darüber können wir uns wirklich nicht beklagen. Jetzt kann auch der urtümlichste Amazonasindianer Marlboro rauchen, und im hintersten Dorf von Zentralafrika gibts Walkmanbatterien. Wie schön, daß endlich auch die Afrikaner draufkommen, daß die Sonne als Energie langweilig ist. Kernkraftwerke müssen her, schon allein wegen der Arbeitsplätze. Und Autos brauchen wir, jetzt ja auch noch für die neuen Bundesländer. Wenn die Kohlekraftwerke schließlich stillgelegt sind, muß doch irgendeine ausgleichende Kraft den Sauerstoffschock abfangen.

Sind wir nicht ein fleißiges, aktives Völkchen, wir Menschen! Allmorgendlich geschieht es wieder, das kleine Wunder: Milliarden von Menschen kriechen aus ihren Betten, um einer sinnlosen Arbeit nachzugehen, die das

Gleichgewicht der Naturkräfte immer weiter stört, die mehr schadet, als sie je nützen wird. Aber Arbeit ist Geld, und Geld brauchen wir nun mal in einer Welt, in der es nicht mehr selbstverständlich ist, daß du weiterleben darfst, wenn du nicht über entsprechende Mittel verfügst.

Wo kämen wir auch hin, wenn alle faulenzen wollten? Was würde aus der Moral unserer Kinder werden? Was könnte ihnen noch Vorbild sein? Nichts da. Arbeiten, Vermögen anhäufen, dann als erstes gleich ein Statussymbol, ein Auto, eine Eigentumswohnung, schließlich will man sein eigener Herr sein! Das erfüllt unser Leben mit Freude und Glück. Dreißig Jahre Kredite abzahlen, was ist das schon. Wir wollen schließlich nicht zurück in die Steinzeit. Keine Autos, keine Straßen, keine Zentralheizung, keine Klimaanlagen. Keine Supermärkte, keine Waschmaschinen. Da müßten ja die Frauen wieder mit der Hand waschen! (Wo ist denn der unmittelbare Zusammenhang zwischen dem Vorgang des Waschens und einer Vagina? fragt meine Freundin. Aber die weiß ja immer alles besser!)

Und außerdem können wir nicht zur Nomadenkultur zurückkehren, das Zigeunerische ist ja sowieso suspekt. Nirgends seßhaft, an keinen Besitz gebunden. Die haben doch gar keinen Respekt vor Eigentum! Was heißt schon, die Erde kann man nicht besitzen? Natürlich kann man das! Haben wir's nicht vorgemacht? Gehört nicht jeder Quadratmeter Land bei uns irgendeiner Firma, einer Bank oder einer Privatperson? Das sind doch nur die Nörgeleien derer, die keinen Besitz haben! Neidisch sind die!

Natürlich sind auch Ehen Besitzgemeinschaften. Hör dir nur die Schlager an: „Du gehörst mir!" „Du bist mein!" „Ganz will ich dir gehören!" Schluß mit der Romantik und dem Gesäusel. Die Frau gehört dem Mann, und der Mann gehört sich selbst. Aus freiwilligen Lebensgemeinschaften sind doch längst komplizierte Eigentumsverhältnisse geworden. Die Kinder sind bis zu ihrer Volljährigkeit ebenfalls Privatbesitz der Eltern oder eines Elternteils.

Aus Lebenssinn, den man jetzt auch nicht mehr hat, sondern macht (anstatt: es hat Sinn, sagt man nämlich mittlerweile: es macht Sinn), wurde die „Lebensqualität"; die bezeichnet, was du dir alles leisten kannst, wobei davon ausgegangen wird, daß du immer die neuesten Produkte der Industrie, ein Eigenheim erwirbst und weite Reisen unternimmst, sofern sie im Trend liegen. Aus Wert wurde „Mehrwert", der dadurch entsteht, daß eine Sache ideologisch vergrößert wird, bis es jemand glaubt und mehr dafür bezahlt. Eine beliebte Variante ist auch, andere Menschen etwas herstellen zu lassen und das Endprodukt fünf- oder zehnmal teurer zu verkaufen, als es die Herstellung war. Falls noch nicht alle Bücher von Karl Marx und Friedrich Engels verbrannt wurden: Es lohnt sich, gelegentlich in „Das Kapital" zu schauen, um das zu verstehen.

Der „Mehrwert" schafft für die Person, die ihn ergaunert, folglich „Lebensqualität". Nicht jede Art von Akkumulation ist in unserer Gesellschaft erlaubt. Es ist zum Beispiel nicht erlaubt, eine Bank auszurauben, wohl aber, eine Bank zu gründen und die Geldgeber davon zu überzeugen, daß es Geld kostet, wenn man Geld bekommt und es vermehrt. Diese Kosten übernehmen in unserem System des Habens und Tuns folgerichtig diejenigen, die das Geld ursprünglich gegeben und damit den Geldnehmern so viele Probleme und Arbeitsvorgänge bereitet haben.

Die Kinder lernen in diesem Sinn das Haben und das Tun von klein an. Haben-Wollen ist der erste Schritt. Man kann nicht früh genug damit anfangen. Das Tun wird eifrig in den Kindergärten eingeübt. Von der sinnlosen Produktion kleiner Bastelwerke bis hin zu Wettbewerben, in denen das jeweilige Tun prämiert wird, hat man keine Möglichkeit ausgelassen, den Kindern das Nichtstun auszutreiben. Sie werden frühestmöglich an einen langen, aktiven Arbeitstag gewöhnt, damit sie später gar nicht erst auf andere Gedanken kommen.

Der kleine ideologische Einbruch, den die „Gammler" und „Hippies" in den späten sechziger Jahren erzwangen, indem sie überall herumlungerten, ihre Haare wachsen ließen, kifften, tranken und sich herumtrieben, wurde alsbald von der neuen Yuppiegeneration aufgefangen, die eine mutierte Version der politischen Aktivisten darstellt. Die gegen alle Bestechlichkeit gefeiten Linken fielen nämlich ausgerechnet auf den Spruch „Es gibt viel zu tun, packen wir's an" rein. Dieser Spruch wurde von einer Firma kreiert, der man Nichtstun wirklich nicht nachsagen kann. Gerade neulich, 1989, tat sie sich hervor und sorgte mit dem Schiff Exxon Valdez für die größte Aktivität der letzten Jahre, indem sie durch den betrunkenen Kapitän 41 Millionen Liter Rohöl ins Meer vergoß. Von einem Exxon/Esso-Boykott habe ich persönlich nichts gehört. Die Tankstellen stehen alle noch.

Es ist mir unmöglich, alle Konsequenzen des Tuns, all die Tausende von Störfällen in Kernkraftwerken, all die Todesopfer von Computerpannen, all die Ölverseuchungen und all die Schäden und Todesfälle durch Verkehrsunfälle aufzuzählen, all die Betriebsunfälle, die Sportunfälle, die Sportschäden. Lassen wir's vorerst einfach bei der schlichten Erkenntnis, daß das Tun mehr Schaden anrichtet als das Nicht-Tun. Dazu nur noch ein weiteres Beispiel: Die Kolonialherren haben mit ihrer Medizin und ihrem technischen Wissen zwar gelegentlich das eine oder andere Menschenleben in den heute so unbekümmert „Dritte-Welt"-Länder genannten Gegenden gerettet, zugleich haben sie aber Krankheiten in diese Länder getragen, an denen Tausende starben, die jährlich als Epidemien wiederkehren. Sie haben durch unausgereifte Technologien und das Abladen giftiger Substanzen mehr Schaden angerichtet, als es Wirbelstürme, Naturkatastrophen und Dürren je vermochten. Getan wird ja auch nur, damit jemand Haben kann. Denn wenn es nicht um Haben ginge, könnte man Sein-Lassen, um nicht zu sagen: Sein.

Die Bewohner der ehemaligen DDR sehen sich nach der Befreiung aus dem Diktat des Sozialismus unversehens dem Diktat des Habens und Tuns gegenüber. Wenn sie nicht schnell genug tun, haben sie nämlich bald nichts mehr. Die professionellen Täter ziehen ihnen Häuser, Länder, Geschäfte unter dem Hintern weg, denn sie sind zugleich auch die professionellen Habenden.

Es gibt eine weitere Form, das Haben zu vergrößern, indem man andere tun läßt, nämlich die vom Patriarchat eingeführte Kleinfamilie. Der Mann hat eine Frau – die Frau besorgt den Haushalt, zieht die Kinder groß und hält den Mann in Schuß, der dann ungestört seinem Tun nachgehen kann. Das Tun der Frau zählt nicht zum Tun, sondern ist gewissermaßen ihre Natur, ein unbewußter Reflex des Familienkörpers. Das Haben- und Tun-System kann nur funktionieren, weil es diese Familienreflexe – also das Tun, von dem SIE nichts hat – und die Mehrwerttechnik gibt, das heißt, sie beruht auf „Ausbeutung": Jemand muß für wenig oder gar keinen Lohn „tun", damit andere „haben" können. So weit so schlecht.

Ein weiteres ehernes Prinzip dieser Gesellschaftsform ist das „Funktionieren". Alles muß funktionieren, denn wenn es nicht funktioniert, beweist es, daß das System schlecht ist. Also wird Nicht-Funktionieren bestraft und geächtet. Oder vertuscht. Funktionieren ist einfach die erweiterte Form des Tuns, nämlich das ständige Tun, ohne Ausfälle, ohne Fehler, ohne Denkpausen.

Das Funktionieren schließt wiederum den Faktor Zeit ein. Zeit ist Geld. Hast du Zeit? Zeit haben ist im System des Habens und Tuns fast obszön. Wenn du Zeit hast, dann tust du bestimmt nicht genug. Warum hast du Zeit? Wem stiehlst du sie? Es scheint nämlich nicht mehr so zu sein, daß der Tag für alle Menschen 24 Stunden hat und daß da, wo diese Zeit herkam, immer neue Zeit nachfließt, sondern die Tageszeit ist wohl relativ geworden. Manche haben volle Terminkalender und haben damit keine Zeit. Andere haben Zeit, aber was nützt sie ihnen? Sie sind alt und werden nicht mehr gebraucht, sie sind krank und eine Belastung. Sie sind überflüssig. Wer Zeit hat, stört den Ablauf.

Damit du nicht allzu viel Zeit haben sollst bzw. immer daran erinnert wirst, daß Zeit Geld ist und daß du tun sollst und nicht sein, wirst du an Uhren gewöhnt. Am Handgelenk, über dem Pulsschlag, zerschneidet sie jeden Versuch, die Zeit zu überlisten. Wie eine kleine Guillotine richtet sie deine Lebenszeit hin, läßt dich vergessen, daß es irgendwo ein Universum gibt, das aus Zeit und Raum besteht, dem nicht die Mittagspause die Luft abdrückt. Gnadenlos erstickt die hübsche kleine Uhr den körpereigenen Rhythmus und gibt ihren Ton an, immer gleich schnell und präzise. Vorwärts. Vorwärts. Wohin? Das ist doch gar nicht die Frage. Hauptsache, das Tempo stimmt. Mit Vollgas in den Abgrund, on the road to no-where. Angeschlossen an das große SklavInnen-Netzwerk der Arbeits-Zeit und Frei-Zeit fragen wir uns gar nicht mehr, warum immer neue, elegante, witzige, künstlerisch ausgefeilte Uhren produziert werden. Wir ahnen, daß wir damit irgendwie „bei der Stange" gehalten werden sollen.

Aber da die Uhren so schön, ja wahre Schmuckstücke, Statussymbole sind, macht es uns nichts.

Ist es nicht ein lustiger Zufall, daß ausgerechnet beim Übertrittsritual der christlichen Welt, bei der Kommunion oder Konfirmation die erste Uhr geschenkt wird: Jetzt gehörst du zu den Erwachsenen. Ab jetzt tickt die Uhr, die kleine Zeitbombe, dein Ende ein.

Und wer will schon so spielverderberisch sein und die gesundheitlichen Schäden zu bedenken geben, die ein körperfremder Rhythmus, Tag und Nacht erlitten, produziert? Wer will gar die humorlose Frage aufwerfen, warum wir es nicht nur akzeptieren, daß uns die Lebenszeit gestohlen wird, sondern daß wir mit dieser Versklavung auch noch die Erde vergiften, denn es gibt ja kaum noch eine Uhr, die ohne Batterien läuft.

Das Sein und das Nicht-Tun

Einfach Sein, gibt es das überhaupt? Ich meine nicht die Forderung danach. Ich meine dasein, atmen, wahrnehmen, hören, sehen, schmecken, fühlen, riechen? Ganz kleine Kinder können das vielleicht. Die sind da, bis ihnen das Sein ausgetrieben ist. Dann „tun“ sie, wie alle anderen zivilisierten Menschen auch. Gelegentlich ziehen Eltern ihre kleinen Kinder mit sich, die eigentlich fasziniert über einem Kieselstein, einem Käfer, einem Grashalm hocken und schauen. Keine Zeit! Wir müssen weiter! Später wundern sich dieselben Mütter oder Väter, daß ihre Kinder sich nicht konzentrieren, nicht stillsitzen können. Das einfache Sein ist eine Provokation wie das Zeit-Haben. Wer schaut, macht sich verdächtig. Wer sich dem Augenblick hingibt, sieht aus, als sei er/sie närrisch.

Das Haben und das Tun, die Aktivität, die Dynamik lassen ein großes Loch in jedem Menschen, aus dem ruft es mal leise, mal laut: War das alles? Was soll das eigentlich? Wozu? War da nicht noch etwas? „Sinnsuche“ wird das von der Kirche genannt, die denn auch die professionelle Betreuung dieser Krankheit übernommen hat. Gegen Gebühr und bei Verpflichtung, alle Regeln einzuhalten, die der Kirchenverwaltungsapparat aufstellt, wird Sinn zugeteilt: Liebe deinen Nächsten wie dich selbst! (Es heißt ja nicht deine Nächste!) Gehet hin und vermehret euch! Der Herr ist mein Hirte! (Ich habe noch nie die Frage gehört: Bin ich dann das Schaf?) Was könnte der Sinn des Lebens sein, wenn es nicht Tun und Haben ist?

Wenn das Tun, das Aktivsein und dynamische Entscheidungsfreudigkeit als positiv gelten, kann Nicht-Tun, Zögern, Warten, Sein nur negativ bewertet werden.

„Da wären wir doch alle blöd", schrie meine Tante mich 1968 an, „wenn wir arbeiten gehen, und ihr lungert faul herum und tut nichts."

„Ihr seid blöd", sagten meine Schwester und ich. Meine Tante tobte. Aber die Botschaft kam an, und nachdem sie sich dreißig Jahre lang fast zu Tode geschuftet hatte und gesundheitlich vor die Hunde gegangen war, legte sie sich jetzt, wie sie zögernd und voll schlechten Gewissens zugab, auf „die faule Haut" und genoß das Leben, was zur Folge hatte, daß sie nicht bei Erreichen des Rentenalters in den Sarg fiel, sondern vielmehr immer noch lustig und fidel ihren Neigungen nachgeht.

Wir können heute kaum noch unterscheiden, wann Tun not-wendig wird, also die Not wendet, anstatt sie zu vermehren. Meistens ist das Tun nur noch eine Automatik in uns, die durch einen fremden Impuls ausgelöst wird. Tun ist immer gut. Also tun wir ein bißchen was. Hier eine Demonstration, dort eine Hilfsaktion. Hier eine Unterschriftensammlung, dort eine Wohltätigkeitsveranstaltung. Daß mich nur ja keiner erwischt beim Nichtstun. Denn nach getaner Arbeit ist ja bekanntlich gut ruhn. Oder ist es etwa umgekehrt? Nach gelassener Ruhe ist gut tun?

Noch zu Gauguins Zeiten galt es auf Tahiti als beunruhigend, wenn ein kleines Kind anfing zu rechnen und zu zählen, ehe es tanzte und sang. Denn wichtiger als das Erfassen der Welt war das Einfühlen in die Welt. Der sinnliche Austausch mit der Natur, die Hingabe an die Gefühle galten, und gelten zum Teil wohl immer noch, als lebenswichtig.

In den fernöstlichen philosophischen Lehren, besonders dem Taoismus, geht es ohnehin nur um Leben und Tod. Nicht was du hast, erwirbst oder ansammelst, prägt dich und bestimmt dein Leben, sondern dein Da-Sein, der Atem, das Wahrnehmen all der Ereignisse, die Leben ausmachen.

Das bedeutet, auf Konflikte im Leben bezogen, zum Beispiel, daß Probleme nicht durch Aktivität gelöst oder verdrängt werden. Jede Frau kennt die Frustkäufe bei großem seelischem Schmerz, das ewige Ausheulen und Jammern bei Freundinnen, das Orakelfragen und die verzweifelten Pilgerreisen zu hellsichtigen Personen, die dann das Offensichtliche so vernebeln sollen, daß es sich ins Gegenteil verkehrt, wenigstens in der Phantasie.

Sein heißt alles wahrnehmen und sehen können, ohne etwas dafür oder dagegen zu tun; was allerdings nicht bedeutet, das Notwendige nicht zu tun. Einen Schmerz, der nicht zu ändern ist, der nur durch das Vergehen von Zeit schwächer wird, muß ich nicht bearbeiten. Ich glaube, er vergeht schneller, wenn ich den Zustand einfach so nehmen kann, wie er ist, und mir nicht tausend Illusionen und Entschuldigungen dazu baue. Ein ertrinkendes Kind kann ich wohl nicht einfach „sein“ lassen. Ein Mißverständnis sucht Klärung, eine zugefügte Verletzung erfordert Linderung, Verstehen. Einfach Sein heißt nicht, einer Auseinandersetzung aus dem Wege zu gehen, heißt nicht, Angst vor Konfrontation zu haben. Das Notwendige ist gesagt und getan, jetzt geht es darum, den Zustand einfach zu ertragen.

Ich glaube, eines der Hauptprobleme, die Frauen mit Männern auf dem Gebiet der Sexualität haben, ist, daß Männer tun und das Tun fordern, während Frauen auch einfach sein können, was von Männern oft als „Passivität“ und „Faulheit“ gerügt wird, so als würde ein sexuelles Erlebnis durch akrobatische Einlagen intensiver.

Das Sein ist ohne Tun und Haben nicht möglich. Wie sie sich harmonisch verbinden können, leben Echsen oder auch Katzen gut vor: Zu völliger Regungslosigkeit reduziert können sie lange Zeit einfach sitzen und wahrnehmen. Nähert sich ein Beutetier, werden in kürzester Zeit alle Energien auf einen Konzentrationspunkt gebracht, und in einer schnellen Aktion, die so viel Kraft wie nötig und so wenig Energieverlust wie möglich aufbringt, wird die Beute eingefangen.

Erst wenn wir dem Impuls zu „tun" nicht nachgeben, öffnen sich all die Möglichkeiten, die durch das Tun wegfallen. Denn Aktivitäten rechtfertigen sich stets durch Abgrenzen von anderen Möglichkeiten und Perspektiven. (Es war das einzig Richtige! Ich konnte nichts anderes tun!) Das Tun strebt die lineare Energie von A nach B an und bezieht Spannung aus Polaritäten, während das Nicht-Tun in einem sich ständig wandelnden Kosmos von Impulsen, Informationen und Energien treibt. Während das Wissen grenzenlos sein kann, muß das Tun durch das Ge-Wissen eingeschränkt werden, so daß der Impuls zu tun durch die Forderung nach Sein-Lassen ersetzt wird. Denn das Nicht-Tun eröffnet das Spektrum aller Möglichkeiten, so daß schließlich auch das gewählte Tun zu einer von vielen möglichen Lösungen wird. Das Gewicht des Richtigen und Falschen verschiebt sich, die Polarität wird aufgehoben. Vieles ist möglich. Viel ereignet sich.

Im Nicht-Tun liegt eben als Ursubstanz das Sein, das Sich-Ereignen-Lassen. Eine heitere Energie! Und sie hat nichts mit Unfähigkeit, sich zu entscheiden, oder gar Unfähigkeit zu tun gemeinsam. Denn das Sein steht noch vor dem Sein-Lassen. Dieses Sein, das Nicht-Tun, das Ausspringen aus der Zeitguillotine und der Begrenzung durch Aktivität ist eine Schwelle, die schwer zu überschreiten ist. Was erreicht werden kann, MUSS eben erreicht werden. Was getan werden kann, WILL – um jeden Preis – getan werden, auch wenn sich die Zerstörung schon abzeichnet. Bloß nicht vor dem Ziel aufgeben! Ich werde mein Möglichstes „tun", heißt es. Und das ist das Todesurteil für uns alle, für die Erde, denn das Mögliche wird getan werden, auch wenn es sinnlos, ja zerstörerisch ist. Aus dem Flickwerk des vielen Möglichen wird das Gut-Gemeinte, das alles lebendige Sein erstickt.

Tu nicht dein Möglichstes, wage das Unmögliche, das Ritual des Schmeckens, Fühlens, Riechens, Hörens, Sehens, das einfache Sein. Es gibt nichts zu tun, lassen wir's sein!

Grenzen überschreiten

Das Diktat der Leistung (und Leistungsfähigkeit), der ewigen Schönheit und Jugend, des Konsums, des Privatbesitzes, des Geldes hat die Zivilisation in eine seltsame Situation gebracht. Einerseits wollen alle erfolgreich, jung, schön, wohlhabend, leistungsfähig sein, andererseits regen sich mehr und mehr Zweifel am Funktionieren als Lebenssinn. Die glattgestraffte, geliftete Alte, die Krebskranke, die um den Sieg über die Krankheit in Marathonläufen um ihr Leben rennt, die kaputt geschuftete Arbeiterin, die ihre vierzigste Operation durchmacht, um wieder leistungsfähig zu werden, all diese Menschen, die an ihre Grenzen geraten und verzweifelt strampeln, um den Boden nicht unter den Füßen zu verlieren, zeigen, daß die Schicht, auf der wir uns scheinbar so sicher durchs Leben bewegen, gefährlich dünn ist.

Die Grenzen sind die wahre Herausforderung unserer Gesellschaft. Lebensangst wird durch immer neue Versicherungen beschwichtigt! Langeweile wird mit Nervenkitzel und anstrengenden, spektakulären Reisen bekämpft. Die einen buchen einen Abenteuerurlaub und werden an den Rand ihrer körperlichen Belastbarkeit getrieben, wofür sie teuer bezahlen. Die anderen treiben Leistungssport bis zum Herzinfarkt oder zum Zusammenbruch der Gelenke/der Wirbelsäule. Jeder Winkel der Welt muß durchleuchtet, jedes Geheimnis ergründet werden. Denn wenn der Sinn des Lebens im Alltag nicht mehr zu finden ist, müssen eben Extremsituationen her.

Nicht immer werden Grenzüberschreitungen freiwillig gewählt, den wenigen, die die Herausforderung suchen, die in Grenzüberschreitungen neuen Impulsen nachjagen, stehen immer mehr Menschen gegenüber, denen Nervenkitzel und Grenzerfahrungen aufgezwungen werden. Sie werden massenhaft entlassen und stehen plötzlich ohne Existenzgrundlage da. Andere verlieren den liebsten Menschen, werden todkrank und können nicht geheilt werden. Aus einem gnadenlos ausgepreßten Arbeitsleben gehen viele in Rente und können den Abgrund nicht verarbeiten, der sich plötzlich gähnend vor ihnen auftut: nicht mehr gebraucht, nicht mehr „leistungsfähig", altes Eisen ohne Lebenssinn und ohne Beschäftigung.

Im zivilisierten Mitteleuropa gibt es kaum noch tödliche Gefahren, die einen harten Lebenskampf erfordern. Es stirbt auch kaum noch ein Mensch zu Hause, so daß der Tod in einen abstrakten Randbereich der Gesellschaft gerückt ist. Wir töten ja auch die Tiere nicht mehr selbst, die wir täglich verschlingen. Dieser Mangel an Auseinandersetzung mit Leben UND Tod führt in unserer Gesellschaft dazu, daß Todesängste, die Erfahrung mit Todeserlebnissen gesucht und künstlich hergestellt werden. Riskante Berg- und Klettertouren, Extremrennen aller Art, aber auch Drogen sollen diese magische Grenzüberschreitung bewerkstelligen, die möglichst mit Rückfahrkarte angetreten wird.

Auf dem Potsdamer Platz in Berlin, ironischerweise in der ehemaligen „Todeszone" zwischen Mauer und DDR, steht ein Kran, der gegen Bezahlung von 100 Mark AbenteurerInnen in einem Gitterkorb 80 Meter in die Höhe zieht, von wo die Grenzerfahrungssüchtigen an einem Seil in die Tiefe springen können. Markerschütternde Schreie locken das Publikum an, das wie früher bei Hinrichtungen mit Kind und Kegel teils belustigt, teils von atemlosen Schrecken gebannt dem Schauspiel zahlreich beiwohnt. Die Schamanin Brooke Medicine Eagle hat auf ihrer Ranch in der Crow Reservation in Montana auch so einen Sprungturm, wo sie ihren Schülern und Schülerinnen Grenzerlebnisse vermittelt.

Was ein Teil der Grenzerfahrungssüchtigen in Arbeitswut, Börsenspekulation, Glücksspiel oder dümmlichen Fernsehwettbewerben, bei denen du dich entweder grenzenlos blamieren oder „berühmt" werden kannst, abreagiert, sucht der andere Teil in Heilslehren – sagen wir mal, der Teil der Menschheit, der es sich leisten kann. Denn Heil ist nicht billig. Crashkurse zur Schnellerleuchtung reißen Löcher ins Budget, zumal wenn sie mit spektakulären Fernreisen verbunden sind.

So kann man sich heute aussuchen, das Göttliche am Ende eines erschöpfenden Fußmarsches zum Machu Picchu zu suchen (Unterbringung erfolgt selbstverständlich im Hilton oder Sheraton, irgendwo am Gringo Trail). Man kann auch in den Busch nach Australien fahren und „von den Aborigines" lernen. Die sogenannten „Indianer" stehen ja schon lange auf dem Grenzerfahrungsprogramm, ebenso wie die Sufis, die aus irgendeinem merkwürdigen Grund von den Lesben so hoch geschätzt werden. Der alte faschistische Spruch „gelobt sei, was hart macht", gefestigt durch die Erkenntnis „was mich nicht umbringt, macht mich hart", geht auch Frauen rein wie Butter. Überlebenstraining, Extremtouren, Visionssuche werden massenhaft gebucht. Heilsbringer aller patriarchalen Spielarten haben Hochkonjunktur, und kaum eine Frau bemerkt, daß es wieder mal um Gehorsam, Unterwerfung und Anbetung geht und nicht etwa um Wahrnehmung und Erweiterung des eigenen Raums, um das Übernehmen von Verantwortung fürs eigene Leben.

Die New-Age-Szene, die übrigens mit der spirituellen

Frauenszene soviel zu tun hat wie ein Hamburger mit Nahrung, arbeitet vorwiegend mit der (zum Teil bereits vorhandenen) Lebens- oder Todesangst. Der nächste Weltuntergangstermin ist irgendwann 1993 angesetzt. Bis dahin werden Workshops gemacht, daß sich die Meditationshocker biegen.

Interessant finde ich in diesem Zusammenhang auch, daß die „Anbieter" zu rund achtzig Prozent Männer sind, während die Grenzerfahrungssuchenden zu mehr als achtzig Prozent Frauen sind, denen Trance (war das nicht irgendwas mit Ausflippen, Augen verdrehen und Stöhnen...?) und Ekstase in allen Variationen, die Übungen der fünf und der „sieben Tibeter", tantrische Ekstasetechniken, Chakrenmeditationen, Auramassagen angeboten werden. Vor allem in den Tantrakursen landen immer wieder Frauen, die sich von unglücklichen Liebeserfahrungen erholen wollen und nun mit der herben Lehre konfrontiert werden, daß es in der Hauptsache darum geht, aus dem einseitigen Geschlechtsverkehr zwischen einem Mann und einer Frau eine komplizierte Zeremonie mit akrobatischen Einlagen zu machen, wobei das Lobenswerte daran ist, daß der Mann sich scheint's zurückzuhalten hat, denn es soll wohl bei dieser heiligen Handlung nicht um schnöde Entleerung nach kurzer Erregungsphase gehen.

Aber um was geht's den Tantrikern, Ekstatikern, Trancereisenden, den Versenkern und den Versunkenen, den Bekifften und den Sufitänzern denn eigentlich? Was soll der Halluzi-Pilz bringen? Oder was die Askese, die auch heute noch gern der widerlichen Ausschweifungs- und Vergnügungssucht der Frauen entgegengehalten wird? Wohin soll's denn gehen, ihr Mystiker, ihr Wellenreiter, Weltenretter und ihr Zusammenführer von Männlich und Weiblich, und im besonderen von Männlichem und Weiblichem in uns, was immer das ist, vermutlich der Eierstock im Mann und die Prostata in der Frau. Fragen, die ich mir hier und jetzt nicht stelle, muß ich mir auch in anderen Bewußtseinszuständen nicht stellen. Wenn ich mit einem Menschen zu Lebzeiten nicht gesprochen habe, warum sollte ich mich mit ihm im Totenreich unterhalten wollen? Oder anders gesagt, was könnte mir Bismarck geben, wenn ich bereits im Geschichtsbuch seine Seite überblättert habe? Warum eine geistige Energie mit Fragen belästigen, die ich besser den entsprechenden lebenden ZeitgenossInnen stellen sollte? Warum kleinkarierte Zukunftsaussichten einholen, wenn ich es versäumt habe, meine Gegenwart zu leben? Wenn ich hier nicht voll da bin, warum sollte ich dorthin gehen wollen, wo es sofort gefährlich wird, wenn ich nicht mit beiden Füßen richtig auf dem Boden stehe?

Warum Konflikte von vor zweitausend Jahren mit jemandem austragen, wenn das Problem der Haare im Waschbecken oder der nicht geputzten Treppe mit derselben Person nicht zu lösen ist? Wie kann eine Person, die mir in ihrer körperlichen Erscheinung widerlich ist, in einer ekstatischen/Trance-Begegnung „wichtig“ oder gar „heilig“ sein?

Ich halte es für nicht unerheblich, die Fragen der alltäglichen banalen Realität in den heiligen Bereich einzubringen und Fragen da zu stellen, wo sie anfallen, und nicht zu warten, bis sie auf höherer Ebene, verquast und geschwollen, irgendwie mystisch weggelabert werden. Dann stellt sich nämlich plötzlich raus, daß die „Ekstase beim Kloputzen“ nicht etwa von Baghwan/Osho entdeckt wurde, sondern von den armen Italienerinnen, die schon immer und überall putzen mußten, weil sie sich sonst den Aufenthalt in den höheren Regionen dieser und der anderen Welt nicht leisten konnten.

In einer Trance oder Visionssuche deine Möglichkeiten und Verbindungen zu anderen Wesen zu entdekken, heißt nicht loslassen, ausflippen und wunderbar abgehoben sein. Du gehst auf eine konzentrierte, anstrengende Reise, bei der du übrigens (freut euch, ihr Brigitte-Leserinnen!) jede Menge Kalorien verbrennst. Nicht nur die Klarheit im physischen Körper ist jetzt gefordert, sondern auch die Zuversicht, daß dein Geist eine Reise ohne körperliche Begrenzung schadlos übersteht.

In frühen Zeiten waren SchamanInnen und Medizinleute für diese Reisen geschult. Nicht in einem Wochenend-Workshop, so als kleiner Ausflug ins Exotische, sondern in langen Jahren, oft von Kindheit an, denn sie hatten schon als kleine Kinder Neigungen zu Ausflügen in die andere Welt, indem sie bewußtlos wurden, wegtraten, heftig phantasierten. Die Anzeichen der schamanischen Anlagen werden bei uns heutzutage schnellstens in die Obhut der bewährten Psychopharmaka gegeben. Spinnt ein Kind, so wird es ruhiggestellt, bis es entweder vollständig ausrastet und fortan von Profis betreut wird oder Ruhe gibt.

Manche bewahren das Wissen um die Aufhebung der Körpergrenzen in sich und sind klug genug, sich auch den Möchtegernmillionären, getarnt als Therapeuten oder Schamanen, nicht anzuvertrauen. Dann kommen sie irgendwann an den Punkt, an dem die Welten sich berühren. Sie waren innerlich immer dazu bereit, haben ihr Handwerk gelernt, sie haben sich eine zuverlässige Basis in dieser Welt geschaffen: einen ruhigen Ort, eine gute Freundin, die sie begleitet, ein beruhigendes Feuer, einen guten Duft, einen Medizinbeutel voll mit Kostbarkeiten als Anker in dieser Welt.

Dazu haben sie erlernt, wie die Grenze zu überschreiten ist, mit monotonem Singsang, mit taumelndem Tanz und immer gleichen ruhigen Bewegungen, mit Spaziergängen auf der Trommelhaut, mit einer feinen Rassel, deren heiliger Inhalt gegen die Schale rieselt und spricht, ein Instrument, das ruft und lockt. Und sie haben in langer Vorbereitung sogar ihre Begleitwesen in der anderen Welt gefunden: das Tier, das zu ihnen gehört oder will, die Schamaninnenmutter, die Ahnin, den Stein, der pulst und lockt und führt.

Und während jetzt der Körper tanzt, die Trommelhaut sachte, sachte gegen die Fingerspitzen klopft und der Sand gegen die fragende Wand der Rassel perlt, während die klickenden Steine, die tappenden Füße, die stampfenden Fußsohlen, die kreisenden Hüften, der pendelnde Kopf die Fragen stellen, kommt die Antwort von weit, weit her, ruft, weist den Weg, und frei macht sich die Seele vom Körper, folgt dem Ruf in der Sicherheit, daß der Körper seine Aufgabe kennt und die Seele wieder zurückholen wird.

Einen weiten, anstrengenden Weg legt jetzt die Seele zurück, vorbei an Stapeln von nicht beantworteten Fragen, vorbei an verlorenen Seelen, verirrten Menschengeistern, die in ihre Körper nicht zurückfinden. Vorbei auch an jenen, die wir verrückt nennen, die sich verloren haben in den tausend Möglichkeiten, die sich jeden Augenblick aufs neue multiplizieren. Sachte, sachte tastet sich die Seele der Medizinfrau zwischen verfaulten Wünschen und stinkenden Sehnsüchten, zwischen Machtansprüchen und Flüchen hindurch, lächelnd, liebevoll gleitet sie vorbei, vorbei, immer der Stimme ihrer Helferin nach, bis zum Ursprung aller Dinge, wo alles umgeträumt und neu gestaltet wird.

Zuverlässig stampfen die Füße in die Erde, zuverlässig plaudert die Rassel mit der Morgendämmerung, zuverlässig spricht das Feuer mit den geschäftigen Lippen.

Und neugierig und froh erkundet die Seele eine neue Landschaft, singt die Heilung. Die Seele, die noch in die Welt gehört, bringt das Geheimnis mit hinüber, das die Zellen erneuert, das Herz kräftigt, die Menschen heilt. Bedankt sich hier, weist dort die Geister in ihre Schranken, hütet sich, an alle Schätze und Rätsel zu rühren, nur das Beste nimmt sie mit. Nimm nicht das Gold, das Silber oder all die Edelsteine, vergiß das Beste nicht. Nimm den Schlüssel. Nimm die Fuchshaare und die Fischgräten, hilf hier dem Brot aus dem Ofen, dort dem Apfel vom Baum. Lausche hier einer Geschichte und lach dort mit jungen Wölfen. Und dann kehr zurück, sonst schlägt das Tor zu, und der Körper erinnert sich nicht mehr an die Seele, die ihn einst bewohnte, kalt schon gibt er auf, was vor ihm die Seele aufgegeben hat. Kein Problem für eine Frau, die ihre Medizin kennt!

Führung ins Nichts

Führer. Heil. Eigentlich an sich keine schlechten Worte. In der deutschen Sprache aber symbolisieren diese beiden Worte das „Böse“ schlechthin. Der „Führer“ hat ein Volk vernichtet und Millionen ins Verderben geführt. „Heil“ hieß eigentlich Unheil, und das indische Sonnenrad, Symbol der Wärme und Nahrung, wurde fix ins Gegenteil verkehrt, ins Hakenkreuz. Dieser Führer taugte nichts, wie sich hinterher wundersam herausstellte, als der Krieg verloren und das Kind mit dem Bad ausgeschüttet war. Also muß ein neuer, ein fähiger Führer her. Auch nicht gut? Jeder Führer stellte sich irgendwann als zu menschlich, zu korrupt, zu verschlagen, zu gerissen, zu gemein heraus. Was also tun? Genau, religiöse Führer sollen es ein, die können nicht so viel Schaden anrichten...

Haben wir wirklich nichts dazugelernt? Ist es so einfach, die Nazis oder das Christentum hinter sich zu werfen und zu sagen: „Ab jetzt werde ich indianische Schamanin oder Revolutionärin.“ Oder: „Ich interessiere mich weder für Politik noch für Religion, also bin ich von vornherein unschuldig. Mir liegt Baghwan/Osho nicht, ich mag auch auf den Papst keine Mark setzen, Mohammed ist mir genauso suspekt wie Buddha.“ Religiöse Führer werden nicht nur von ihren Anhängern gemacht, sondern auch von der politischen und kulturellen Situation, in der sie wachsen.

Das einzige, was Führer ins Wanken bringt, ist Bewußtsein und Selbstverantwortung. Aber in unserer Kultur ist ja sogar die Fähigkeit, etwas zu beurteilen und dazu zu stehen, abhanden gekommen. Für jede Kinoveranstaltung, jedes Theaterstück, jedes Buch, jede kulturelle oder sonstige Veranstaltung gibt es Vordenker, die vernichten oder hochheben. Gesichtslose KritikerInnen sagen dir, was gut, was schlecht, was indiskutabel ist. Was sie nicht beschreiben, existiert nicht. Du lernst, ihre Meinung wahr-, wenn nicht anzunehmen. Sie selbst orientieren sich aneinander. Keiner streckt den Kopf zu weit vor und wagt das Unerhörte, nie Dagewesene. „Ich hab' heute noch keine Meinung, weiß noch nicht, wer ich bin, weil ich noch keine Zeitung gelesen habe", singt Bob Dylan in einem seiner frühesten Songs.

Was ist der Maßstab für gut und schlecht? Für wertvoll oder schwachsinnig? Was tun? Was lernen? Was arbeiten? Wie sich selbst finden? Vertrau dich meiner Führung an! Nicht so zaghaft. Gib's zu: Du bist keine Expertin! In vielen Situationen deines Lebens brauchst du Führung. Fährst du auch nicht mit Neckermann nach Bali, so vielleicht doch mit Spontireisen nach Gambia oder Kuba? Oder mit einem „jungen sportlichen Team unter erfahrener Führung" in die Wüste? Läßt dich vier Wochen durch den Dschungel führen, in die unzerstörten Oasen des Regenwalds? Läßt dich in die Tiefe deiner Seele führen, für achtzig oder hundertfünfzig Mark die Stunde läßt du dir erklären oder besser, erklärst dir selbst, unter fachlicher Anleitung, worum es bei dir geht? Ist da nicht ein Mann, der dich durchs Leben führt oder wenigstens klägliche Versuche dazu macht, und du siehst über seine mangelnden Führungsqualitäten hinweg und läßt ihn nicht merken, daß du auch ein bißchen steuerst?

Museumsführungen, die Faltenwürfe, Farben, Formen, Motivationen und Lebensgeschichten erklären.

Bergführungen, Fremdenführungen, unser Leben besteht aus vielen kleinen Schubladen, in denen Experten sitzen, für jede Facette des Lebens einer. Da ist Charon, der Fährmann in die Unterwelt, der sein Schiff über Styx, den Totenfluß, steuert. Dummerweise ist gerade ein Fußballeuropameisterschaftsspiel, und er läßt sein Fährschiff auf einen Öltanker auflaufen. Grinsend öffnet sich der Schlund des Totenreichs. Nicht jeder Fährmann ist wie Siddharta, der kurz vor der Erleuchtung nur noch ans Reispflänzchen und an seine Fahrgäste denkt. Manche Fährleute fahren bis zum tiefsten Punkt des Flusses – „Schiffsmann, sag mir's ehrlich, ist's denn wirklich so gefährlich?" – und heraus kommt das Ungeheuer und schluckt die Opfer.

Wie ziehe ich mich an, wie richte ich mich ein? Was liest „man" so, was ist grad in, out oder megaout? Wir sind ja alle so verunsichert. Führungsberufe liegen steil im Aufwärtstrend, und TrendmacherInnen werden so lange von der verunsicherten Masse niedergehöhnt, bis klar wird, daß sie stärker sind, daß sie, eigensinnig und unzerstörbar, ihren Weg, ganz ihren eigenen gehen. Das wird honoriert, und es wird zunehmend voller auf dem Weg. Ihm/ihr nach! Sie weiß wohin.

Mir nach, ich weiß, wohin der Weg führt. Ich führe dich schon an deine Grenzen, keine Angst. Vertrau mir, komm, gib mir die Hand. Von hier ist es nur ein kleiner Stoß. Oder manchmal reicht es sogar, wenn ich dich hier, im Niemandsland, an der Grenze zwischen Leben und Tod, zwischen Aldi und Hades einfach stehenlasse. Es ist schließlich dein Leben, deine Verantwortung, du hast doch die Veranstaltung gebucht, den Workshop machen wollen. Und jetzt weißt du plötzlich nicht mehr weiter? Was soll ich dir versprochen haben? Nichts. Bin ich dir etwas schuldig geblieben? Was kannst du denn für deine paar Kröten schon erwarten? Außerdem hast du wohl schon vergessen, daß du die Kursbedingungen unterschrieben hast? Da steht, daß du auf eigene Verantwortung mitmachst. Also komm jetzt nicht und rede irres Zeug. Heul mir nicht die Ohren voll!

Erinnert dich das an etwas? Sei froh, wenn du es noch nicht erlebt hast. Denn nichts ist so tückisch wie das Sich-Ausliefern an Fachleute. Du betrittst gemeinsam mit ihnen Bereiche, deren Türen du allein nie geöffnet hättest, vielleicht in unbewußter, weiser Voraussicht, daß du diesen Gegenden (noch) nicht gewachsen bist. Jetzt aber stehst du hier mit deinen Visionen, du hast nie gelernt, Türen wieder zu schließen, mit offenen Augen ins Verderben zu schauen und NEIN zu sagen.

Du wurdest erzogen, daß du höflich zu sein hast, daß du lächelst, wo du umkehren willst, daß du nicht einfach das sagst, herausschreist, was du denkst und fühlst. Aber nur die Gewißheit um deinen Körper und deine Seele, nur das Wissen um deine selbst gemachten Erfahrungen, das Vertrauen in deine Gefühle und Intuitionen macht dich unverletzlich, wenn du die letzte Tür geöffnet hast. Nur das rechtzeitige Umkehren, der Schritt zurück, der als feige belächelt wird, das Zögern, Zaudern und entschlossene Kopfschütteln retten vielleicht einmal deine Seele. Leicht ist es nicht zu wissen, wann Zaudern besser ist als entschlossen durchzugehen. Aber wenn „so ein Gefühl“ da ist, steig doch nicht ins Taxi zur Hölle, laß doch nicht den Meister in deiner Zirbeldrüse herumrühren, gib doch dem Fremdenführer nicht ein schutzloses, hilfloses Bündel Frau in die Hand! Dann ist es Zeit, NEIN zu sagen. Die Nahrung der Führer ist deine Unwissenheit, deine Unfähigkeit, deine Angst. Deine stärkste Kraft ist das Fragen. Das Genauer-wissen-Wollen. Und vor allem die Gewißheit: Wo immer ich bin, was immer das alles bedeutet, ich kenne meine Empfindungen und meine Seele. Und das tut mir nicht gut! Da steig ich aus!

Es ist ja nun mal so, daß du gebrochen werden mußt, um neu zusammengesetzt zu werden? Nimmst du auch teil an der schamanischen Selbstbefriedigungsaktion vor geschlossenen Türen, die sich 99 Prozent aller selbsternannten Führer nicht öffnen werden, weil sie keine Ahnung haben (weil sie ihre Ahninnen verleugnen)? Nur du allein kannst die Türen zu den Geheimnissen öffnen, die für dich bestimmt sind. Nur du allein kannst wissen, wann es zu früh oder gerade recht ist. Nur du ahnst wirklich, wer du bist, und vor allem, interessierst dich vielleicht auch noch dafür.

In Bayern gibt es ein Sprichwort, das sagt: Wer zahlt, schafft an. Vergiß nicht, ab und zu daran zu denken, wenn du das Geld dem Fährmann, dem Verführer-Führer schon im voraus gegeben hast: Was kannst du? Was bringst du mir? Was bringe ich dir? Guter Rat ist bekanntlich teuer, deshalb nehmen viele mit dem billigen, schlechten Rat vorlieb. Aber es ist nicht gesagt, daß jeder teure Rat auch gut ist. Mit anderen Worten, es wird tatsächlich immer schwieriger, das für dich Taugliche vom Untauglichen zu unterscheiden. Dazu kommt die Gruppendynamik. Jeder Führer hat eine Schar von Bewunderern um sich, die dir klarmachen, daß du gar nicht die Qualitäten hast, gegen eine so starke Person dein schwaches Stimmchen zu erheben. Fragende, verächtliche Blicke, ein zischendes, klickendes Geräusch mit der Zunge, ein leises Kopfschütteln, Lächeln tun ein Übriges. Wie kannst du den Meister/die Gura so anzweifeln? Lächerlich! Immer diese Querulantinnen, die sich selber so wichtig nehmen, daß sie die heilige Atmosphäre durchbrechen müssen.

Die Gruppendynamik mit ihrer anschwellenden Macht

gehört zu Führungspersonen wie der Donner zum Gewitter. Die Art, wie Popstars, Fußballmeistern, Gurus oder Diktatoren zugejubelt wird, ist immer die gleiche. Massentrance ersetzt Bewußtsein, das Gefühl, endlich zusammenzugehören, diese trügerische Illusion, auch nur zwei Wesen könnten verschmelzen, anders als in heiterer Stille, nimmt die Fähigkeit zu ur-teilen. Das zu teilen, was ursprünglich geteilt war. Du läßt dich mitreißen, genießt es, mit der Masse zu wogen, eins zu sein. Und mitten im Rausch der Massenhysterie, die jeden klaren Gedanken verhindert, verlierst du den Boden deiner Realität unter den Füßen.

Du vergißt, daß mit deinem Geld und dem der anderen, ach wir sind ja alle eins!, der Guru ins Luxushotel zieht und sich abschirmen läßt, weil er zwar Tausende von Menschen antörnen kann und ihre Energie auch braucht, danach aber keine Lust hat, sich die Einzelstories anzuhören, ist eh immer das gleiche. Du vergißt, daß du nachher zurückgehen wirst in dein winziges Wohnklo oder wo du halt wohnst, ohne Arbeit, und verdammt, wo sind denn all diese Leute, mit denen du gerade noch so eins warst? Steigen nicht viele davon in ihre Luxuslimousinen und lehnen sich entspannt in ihrem schönen Haus zurück, hören Meditationsmusik, vielleicht mit zwei, drei auserwählten Freunden, und genießen das Gefühl, gut angetörnt zu sein? Wo ist da die Gemeinsamkeit? Und ist es nicht ein seltsamer Zufall, daß die meisten Frauen die wahre Führung nur Männern anvertrauen statt sich selbst? Ist es nicht merkwürdig, daß Groupies zumeist Frauen sind, daß Männer wachsen und führen, weil Frauen ihnen die Führung anvertrauen und ihre Kraft dazu geben?

Ist es nicht seltsam, daß so eine schamanische, erleuchtete Massenveranstaltung zu Ende geht und alle so entspannt und erleuchtet wieder in den Alltag zurückfließen und daß es zufällig immer die Frauen sind, die zurück in ihre Hölle kriechen. Schnell noch die Kinder abholen, jetzt geht der Streß wieder los, die Ausbeutung, die Not, der zerstörerische Job, das Schlucken und Einstecken bei anderen Führungspersönlichkeiten. „Jetzt brauch' ich wieder acht Monate, bis ich die vierhundertfünfzig Mark für das nächste Enlightenmentwochenende zusammenhabe", sagt eine Frau zu mir. Arme Sau? Wie wär's, wenn du das Geld mal in dein Glück, dein Talent, deine Lust, dein Lachen, deinen Körper stecken würdest? Wenn du dich mal ganz der Führung deiner Sinne, deinem Riecher, deinem Fingerspitzengefühl anvertrautest, anstatt dir von geschäftsmäßigem Zynismus auf der Suche nach dem letzten Hosenknopf den Verstand rauben zu lassen? Mißtraue auch mir!

ZWISCHEN HIMMEL UND ERDE – EINFACH GEHEN

Beim Gehen nehmen Fußsohlen und Lungen miteinander Kontakt auf, die Arme gleiten an den unsichtbaren Leitplanken entlang, die Nase nimmt die Witterung des Weges auf, die Augen sehen die Veränderung der Landschaft, die Ohren achten auf Geräusche, schöne, erfreuliche, gefährliche. Alle Sinne sind im Einklang und geraten in direkte kreative Kommunikation mit allen Wesen ringsum. Dieser Zustand ist nur noch zu steigern, indem die Füße in einen leichten Trab verfallen, der rechte Arm angewinkelt wie auf einer Schiene zu liegen kommt, der Blick starr auf das spirituelle Ziel gerichtet wird. Diese Technik haben die berühmten „running lamas“ Tibets entwickelt, wobei es sich nicht etwa um spuckende Tiere, sondern um buddhistische Mönche höheren Ranges handelt, die mit vorbuddhistischen Bön-Traditionen arbeiten. Gehen, laufen war dieser alten, heidnischen würde es bei uns heißen, Lehre nämlich heilig, und wenn du dich innerlich bereits in deinem spirituellen Zielpunkt befandest, konntest du endlos laufen, ohne je müde zu werden.

Sicher war und ist Gehen und Laufen für nomadische Völker sowohl eine existentielle Notwendigkeit als auch eine spirituelle Überhöhung der alltäglichen Energie. Irgendwann tun die Füße ihre Arbeit, ohne daß Körper oder Kopf beteiligt sind, die Lungen haben sich auf einen zu leistenden Mittelwert eingestellt, und es geschieht dasselbe wie im Trancetanz. Die Füße sorgen für Erdung.

Durch die einfache, monotone, sich wiederholende Bewegung entsteht im Kopf ein Rhythmus, der vom Atem aufgegriffen und in einer Art Melodie ausgestoßen wird. In der Phantasie entwickelt sich das Lied. Das Lied des Wegs. Das Lied der Suche. Das ist die Grundvoraussetzung, über die spirituelle Schwelle zu gehen, ja, zu gleiten. Die Füße wandern zuverlässig in der materiellen Welt, der Körper bleibt in Bewegung und warm, die Seele überschreitet die Schwelle zu den Geistern und AhnInnen der Orte, die berührt werden, diese geben ihre Impulse und Informationen weiter, die Haut nimmt sie auf, transportiert sie ins Hirn und setzt sie dort um in denkbare Gedanken. Dieses Gehen, die einfachste, billigste, am leichtesten zu realisierende Trancetechnik, ist die Vorbereitung für Begegnungen der dritten, oder sagen wir mal, der 13. Art. Ohne diese spirituelle Konditionsübung wagte es früher niemand, auch SchamanInnen und Medizinleute nicht, den Mächten zwischen Himmel und Erde zu begegnen.

Du kannst es dir vielleicht besser vorstellen, wenn ich dir beschreibe, wie wir früher Skifahren gingen: Wir trugen die Ski und Stöcke und den Rucksack mühevoll von der Eisenbahn zum Berg, dann schnallten wir die Ski samt Fellen (ja, meine Liebe, Leopardenfelle hatte ich und habe ich noch!) an die Füße und GINGEN den Berg hinauf, woselbst wir keinerlei Schlangen begegneten, du weißt schon, welche ich meine. Wir schwitzten und stöhnten, und auf der Hälfte wollten wir immer aufgeben, da aßen wir dann die gute Brotzeit, gaben uns einen Ruck und schleppten uns weiter hinauf. Jetzt trifft sich meine frühe Bergerfahrung mit der schamanischen: Hier oben, das weite Land zu Füßen, die erhabenen verschneiten Berge in direkter Nachbarschaft, begann das Herz zu hüpfen. An so einer Stelle wurde vermutlich der

Jodler erfunden, den auch ich mir nie verkneifen kann, nach des Aufstiegs Mühe, dieser alpenländische Urschrei, der die Geister und GöttInnen ruft. Hier bin ich!

Jetzt ist der Körper warm, weich und elastisch und bereit, jeder Energie mit verschwitzter Verschmitztheit zu begegnen, in alberner Erschöpfung über heilige Erkenntnisse zu lachen und den kalten Schnee oder das eisige Wasser aus dem Bergbach zur Kühlung des Mütchens, oder des Mutes, zu nehmen. In stiller Heiterkeit wirst du eins mit Murmeltieren, deren Pfiff dich so entzückt, daß dir Tränen kommen. Neidisch folgst du den Gemsen mit deinem Blick und jagst ihnen nach, spürst ihre Lust am steilen Hang und im kühnen Sprung.

„An einem Sonntagmorgen, da nimm den Wanderstab", schrieb mir meine weise Mutter ins Poesiealbum. An einem Sonntagmorgen, da geh nicht etwa in die Kirche, wo sich eh nichts abspielt, sondern nimm den Wanderstab, diese Verbindung zwischen der materiellen Erde und den Himmeln, insbesondere den unteren Himmeln, wie die Tibeter die Berge ehrfürchtig nennen. „Dann fallen alle Sorgen wie Nebel von dir ab." Und recht hat das Mütterlein! Ob sie sich allerdings vorgestellt hat, daß ich meinen Schamaninnenstab mit dem Kristall und der Habichtfeder obendrauf in die Hand nehme und den Habichtweg gehe, von Feder zu Feder, bis mir mächtig und aufmerksam die Habichtfrau persönlich gegenüber sitzt und mich prüfend anschaut und abfliegt, so daß ich fast den Steilhang hinunterstürze vor Schreck? Ob sie damit gemeint hat, daß ich monoton vor mich hin singend, barfuß, in ein schwarzes Hemd und eine enge Trainingshose gekleidet, eine bunte afrikanische Kette um den Hals die wackeren Säufer der verschiedenen Bergvereine erschrecke?

Daß ich mit meinem Wanderstab dann nachts auf

einem der unteren Himmel Platz nehme und die Königin der Nacht herbeisinge, hin- und hergerissen zwischen Juchzen und Zähneklappern, denn auf den Bergen wird es nachts klar und weit. Grausam weit. Die letzte Unruhe pocht aus der Ebene herauf, dann wird es still, stiller noch, als du zu träumen wagst. Hunger, Durst, Fragen, Stimmen. Nein, da ist nur die Stimme, deine Stimme, die singt und deinen Gefühlen nicht mehr gehorcht. Das Signal in die andere Welt, brandet die Stimme am unsichtbaren Tor an, hier sitze ich und singe das Lied der Bergfrauen und Kasermanndl, der Ganggerl und Fänggen. Und wenn sie aber kommt? Dann lauf' ich nicht davon! An Flucht ist nicht zu denken, zitternd halte ich stand. Bewegungen erstarren in der kühlen Umarmung der Wesen der Nacht. Die Stimme singt und bricht. „Aber des ist no gar nix z Oberndorf drom, da wohnt a kloans Ganggerl ganz gleim unterm Grab'n, da Ruass und der Hexenschuß, des wär no a Leichts, hat di die in de Krallen, da hilft dir nichts Geweihts!"

Ja, meine Liebe. Vergiß die Absolution, hier oben gelten diese Kinderspielchen nicht, auch wenn gelegentlich der eine oder andere Pfarrer eine Bergmesse hält. Nachts hab' ich noch keine Pfarrer und auch keinen Bergsteiger hier getroffen. Da glüht die Luft von kosmischen Versprechungen und transzendenter Sinnlichkeit, da entsteht, bei uns Frauen natürlich nur, so etwas wie eine spirituelle Klitoris. Das Notwendige scheidet sich vom Sinnlosen. Klar sortiert das Hirn die wichtigen und die unwichtigen Dinge im Leben, klar steigt ein Bild auf. Vielleicht nicht in der ersten Nacht. Vielleicht geht es zwei, drei Nächte und Tage, der Mund wird trocken, der Magen knurrt zuerst, dann wird er still und lauscht, denn Höheres kündigt sich an, als einfach nur die Welt fressen und verdauen. Diesmal dringt die Essenz der Lebendigkeit durch alle Poren, weckt alle Sinne, auch die ominösen sechsten und siebten, diesmal bleibt der Körper still, ganz still und schreit nicht nach Bewegung.

Allein, allein, niemand hilft, niemand kommt. Niemand ahnt, wie einsam jedes Wesen wirklich ist. Und dann bricht die andere Seite der Welt durch die Trennwand aus Morgengrauen, findet alle Sensoren offen, breitet sich aus mit allen Impulsen und Bildern. Jetzt ist der Augenblick, in dem du mit deiner wahren Begleiterin verschmilzt, und du pfeifst wie ein Murmeltier, hebst ab wie ein Lämmergeier, springst die steile Felswand hinauf wie eine Gemse, klingst und vibrierst wie ein Stein. Beglückend, überwältigend vereint sich jedes Wesen mit dir in einem langgezogenen lustvollen Atemzug. Tränen fließen, es schüttelt deinen Körper, und du trinkst, weil du wieder Bedürfnisse verspürst, jetzt neu lebendig, von dem kalten Bergwasser, schmeckst die Salze und Kristalle und weißt, was es heißt zu SEIN, einfach da zu sein.

„Und in dem Schneegebirge, da fließt ein Brünnlein kalt, und wer daraus getrunken, wird jung und nimmer alt. Ich hab daraus getrunken so manchen kühlen Trunk, ich bin nicht alt geworden, ich bin noch allzeit jung." Selbst die banalsten Lieder, zu allen möglichen Gelegenheiten geschmettert, geben dir noch einen Hinweis darauf, was früher Kraftholen hieß, auch ohne indianische Bücher oder buddhistische Unterweisung.

Eine andere Sache ist es, in den Bauch der Erde zu steigen, die Höhenflüge der hohen Berggipfel ziehen sich hier in unbeschreiblich dichten Implosionen nach innen, die Erde pulst dich an, und du liegst an ihrem Herzschlag, verzagt, klein, voller Angst. Doch dann gibt sie dir schützende Impulse von ihren Höhlenwänden, du liegst wie im Bauch, noch vor deiner Geburt, angeschlossen an einen Kreislauf, der dir nichts abverlangt, sicher, noch ohne Verantwortung zu übernehmen.

In einer Höhle kommen andere Bilder. Oft sind es traurige, bedrohliche Erinnerungen. Es war in einer Berghöhle, als ich mich fragte, wie es kommt, daß überhaupt ein Kind die Kindheit überlebt. Ein wahres Wunder! Aber es war auch in einer Höhle, als ich wieder Vertrauen schöpfte in die Heilkraft, die Selbstheilungskräfte der Erde. Kühl, feucht, in sich selbst versunken spricht hier die Erde zu sich. Dein Körper erinnert sich an seinen Ursprung und nimmt die alte Sprache irgendwann wieder auf, antwortet in nie gekannten Impulsen.

Grenzüberschreitungen in Höhlen und auf Bergen brauchen das Gehen, das körperliche Vorbereiten, sonst gibt die Seele noch vor dem Körper auf.

In den starken Armen der Nacht

Die Nacht sickert ein, Umrisse verwischen. Vögel begleiten mit ihrem Gesang die Sonne hinüber nach Westen, wo der Tod wohnt. Gibt es etwas Normaleres als den Einbruch der Nacht? Alle vierundzwanzig Stunden wiederholt er sich, und doch haben viele Frauen Angst, wenn der Tag sie allein läßt.

Die Behaglichkeit in warmen hellen Räumen, die stille Erregung auf Nachtspaziergängen, das Entzücken über weiche samtige Wasserflächen, auf denen der Mond schimmert, sind die Ausnahme. Mit dem Tag geht oft die Fröhlichkeit, die Beherrschung, die Zuversicht. Plötzlich wachsen überdimensionale Rechnungen aus den dunklen Winkeln, das Lachen der Einsamkeit hallt in der Seele wider. Aufgegebene Suchten rufen sanft und verführerisch: Ohne mich kommst du niemals durch die Nacht. Kranke werden plötzlich noch kränker, Gesunde entdecken beunruhigende Symptome. Die Stille wird unerträglich. Angst steigt auf. Den eigenen Sorgen und Unzulänglichkeiten ausgeliefert, beginnst du, das Gedankenkarussell zu drehen: Hätte ich das nicht gemacht... wenn ich nicht bald das und das bekomme, kann ich mich nicht mehr halten... zuwenig Geld... zuwenig Zuwendung... Wer liebt mich eigentlich?... Gibt es irgendeine Person, die mich vermissen würde, wenn ich tot umfiele?... Wenn die rauskriegen, daß... Ich schaffe es nicht mehr... Unerträglich, dieses ständige Weiterleben... wozu?... Wie ein gefangenes Tier im Käfig irrt die Seele im Kreis, kann sich gegen die farbigen, lebhaften, quälend genauen Bilder der Katastrophe und Zerstörung nicht wehren. Die Fähigkeit, kreativ zu denken und diese Bilder in Wirklichkeit umzusetzen, erlebt jetzt ihren Höhepunkt in Horrorvisionen. Und wie oft werden sie wahr! Wie viele Frauen leiden an der Verwirklichung ihrer Alpträume!

Und doch war die Dunkelheit, die Nacht in alten Zeiten die beste Freundin der Frauen. Die Grenzüberschreitung wurde an den Nachtfeuern unserer Ahninnen besungen, Erzählungen flossen in die sich ausbreitende Stille. Vogellaute, einzelne Tierrufe und die warme Stimme einer Frau am Feuer. So wurde Geschichte weitergegeben. So reichte eine Frau der anderen Wissen weiter. Mag sein, daß die Männer auf der Jagd waren. Allzusehr können unsere Ahninnen sie nicht vermißt haben, sonst hätten sie in Urzeiten männliche Idolfigürchen hergestellt, während ihre unruhigen Söhne von Tod zu Tod eilten und Fleisch mitbrachten, das die Frauen nicht aßen. Das Feuer hielt die wilden Tiere ab und glomm warm in allen Herzen auf: In der Gemeinschaft fühlten sich die Frauen wohl und sicher. Den Tod fürchteten sie wohl kaum, denn ihre Begräbnisriten, die uns bis heute überliefert sind, zeigen Vertrauen in den Kreislauf der Natur.

Wenn sie schliefen, hielten vielleicht einige Wache, aber vielleicht war es ein ganz anderer Schlaf als der, den wir kennen, der uns acht Stunden oder zehn aufzwingt, weil wir sonst unter der Last unserer Arbeit zusammenbrechen. Und ist es nicht die Angst, nicht genug zu schlafen und sich hoffnungslos auszulaugen, die Menschen schlaflos macht? In Afrika erlebte ich, wie anders Menschen schlafen können. Die ganze Nacht wird getanzt, denn es ist kühl in der Nacht. Wer müde ist, legt sich auf ein Tuch auf die weiche Erde, schläft und erwacht wieder, vielleicht nach zwei, drei oder auch nach fünf Stunden. Wacht auf, redet ein bißchen, hört zu, lacht, überall sind Menschen, ein Murmeln und Trommeln und Singen liegt in der Luft. Es gibt in Afrika auf dem Lande kaum dieses isolierte und einsame Schlafen wie bei uns (so wie es auch keine isolierte und einsame Heilung mit ärztlicher Schweigepflicht gibt). Eingebettet in die Gemeinschaft wird gelebt, gefeiert, geheilt, geweint, gestorben.

Wir brauchen Ruhe. Wir brauchen die Zurückgezogenheit. Und wir bekommen tödliche Stille und Einsamkeit, die die Ohren klingen läßt. Wir haben Angst vor der Außenwelt, und wenn wir so allein sind, schlaflos die Nacht durchwandern, vom Kühlschrank zur Toilette, zum Bett, zum Fernseher, zum Bücherregal, zum Herd, wieder zum Bett, bekommen wir Angst vor uns selbst. Denn alles, was in der Nacht wächst, wächst aus der kreativen Produktion unserer Phantasie. Sie holt sich zwei, drei überprüfbare Fakten und spinnt in einer gnadenlosen, schöpferischen Produktion den Untergang, die Lähmung. Sie hämmert das imaginierte Blei in die Adern, bis der Herzschlag stockt. Sie hockt sich fett auf alle Anlegestellen der Enzyme, der Hormone und blokkiert sie mit Angst. Sie füllt die Seele mit flüssigem Erz, und wenn es erkaltet, die Glut erloschen ist, zieht dich die Schwere in den Abgrund. So gegen vier vielleicht. Doch du hast deine kleinen Wächter aufgestellt: An der Naht der Nacht pumpen sie sich auf als riesige Schutztruppen, du vertraust dich ihnen an, säufst dich unter die Decke, schluckst Pillen, die wie Billardkugeln in deinem Kopf herumfahren und fallen, fallen. Bis du den Widerstand aufgibst. Dann merkst du, daß diese Schutzgeister in Wirklichkeit trojanische Pferde sind: Einmal im Organismus, wüten sie gegen deine letzte Kraft, zerstören den

Rest deiner Haltung und jagen dir bodenlose Furcht ein – vor dir selbst, vor der Nacht, vor der Hingabe. Sie reißen dich in die Bewußtlosigkeit, um dich später um so härter wieder in den Arsch zu treten. Die Dealer deiner Phantasie, die dich davon überzeugen, daß du mit deinen lächerlichen Eigenproduktionen eine Nacht nie überstehen wirst und deshalb besser gleich zu Valium, Librium, Schlaftabletten und Alk greifst, haben deine Nacht fest im Griff. Du denkst, wenn du sie losläßt, taucht der Vater wieder auf, der dich sexuell ausgebeutet hat, oder der Gerichtsvollzieher, kommen die prügelnden Eltern wieder, die Schrecken der verdrängten Kindheit. Und du willst nicht mehr stürzen. Diese Tür, glaub mir, kommt noch vor der 13. Tür. Ohne sie zu öffnen und den Raum der Erinnerung zu betreten, ohne die Nacht fallen zu lassen und in der Dunkelheit zu stehen, gibt es keine 13. Tür

Die Prüfung ägyptischer Priester bestand darin, daß sie sich mit allen möglichen Schrecken konfrontieren mußten: mit Schlangen, mit schmalen Stegen über einen Tümpel mit hungrigen Krokodilen. Die schwerste Prüfung aber, die kaum ein Anwärter bestand, war der dunkle Raum. Eine Tür öffnete sich, und der Aspirant mußte eintreten. Die Tür schloß sich und konnte nicht mehr geöffnet werden. Nun mußte der zukünftige Priester den dunklen Raum durchschreiten, denn er wußte, die einzige Tür, die ihm offenstand, war die Tür an der Wand gegenüber. Welche Schrecken würden auf ihn warten?

Die Prüfung des dunklen Raums ist die Prüfung der modernen Nacht. Mit Licht kann sie nicht gelöst werden, denn am Ende des Lichts, egal wann, egal wie, steht immer der dunkle Raum, der dich ganz macht, denn hier ist alles, was im Schatten deiner Seele aufbewahrt wird.

Auf meinen nächtlichen Streifzügen in nun fast fünfzehn Jahren auf dem Land bin ich übrigens nur ein einziges Mal einem Mann begegnet. Im allgemeinen haben Männer nämlich vor der Nacht, vor allem vor den „irrationalen“ Kräften noch mehr Angst als Frauen.

Die Nacht ist meine Verbündete. Als Kind schlief ich mit dem Lachen meiner Mutter, meiner Großmutter und ihrer Freundinnen beim Kartenspielen ein. Meine Schwester und ich erzählten uns Geschichten. Manchmal schlich sich eine ans Bett der anderen und erschreckte sie zu Tode. Dann versprachen wir uns im namenlosen Schrecken irgendwann, es bestimmt nie wieder zu tun, und schliefen zusammen in einem Bett ein.

Oft fiel ich beim Einschlafen in der Phantasie nach hinten und drehte mich, immer rückwärts, schwebte im riesigen dunklen Universum, drehte mich, drehte mich. Dann sah ich unter mir, ganz tief unten, eine Straße meines Dorfs und einen Heuwagen und bekam einen tödlichen Schreck. Ich fiel wie ein Stein und landete stets auf dem Heuhaufen. Es dauerte Jahre, bis mir klar wurde, daß dies meine ersten Trancen waren. Als Kind erschreckten sie mich so sehr, daß ich in der verlorenen Weite des Weltalls drei kleine Häuser mit spitzen Dächern aufstellte, um das Ende meiner Welt zu markieren. Was dahinter lag, sollte mich nicht mehr kümmern. Wenn es mir nicht gelang, die Angst vor der Unendlichkeit in Schach zu halten, lief ich zu meiner Mutter in die warme Küche, wo der Kessel auf dem Herd summte und das Holz krachend verbrannte. Ich setzte mich auf ihren Schoß – nie schimpfte sie mit mir – und schaute mit ihr Kataloge von Versandhäusern an, aus denen wir uns nichts leisten konnten.

Die Reisebegleiterin in die Freuden der Nacht ist das Melatonin. Es ist ein Hormon, das die Zirbeldrüse produziert und das nur bei DUNKELHEIT überhaupt produziert werden kann. Wir brauchen es zum Träumen. Die Skandinavier produzieren mehr davon als Mitteleuropäer, weil sie im Winter längere Nächte haben. Wie alle starken Energien kann das Melatonin mehr als nur Träume produzieren. Es kann Depressionen, Alpträume und Migräne herbeilocken, wenn die Melatoninproduktion gestört wird. Es hat also durchaus Sinn, daß es den hellen Tag und die dunkle Nacht gibt. Je mehr Licht und Sonne am Tag, um so intensiver die Macht der Melatonine in der Nacht.

Natürlich forschen die Forscher wie verrückt. Und natürlich werden sie herausfinden, daß das Melatonin auch das Trance-Hormon ist, das bei Tänzen, beim Rasseln, bei bestimmten Körperstellungen, bei bestimmten Atemtechniken in Aktion tritt. Melatonin ist die Weise Alte aus der Zirbeldrüse, die ihre Helferwesen ruft und dich mitnimmt in die Unendlichkeit der kosmischen Nacht. Es ist die Nahrung der Traumzeit und der Kunst.

Wenn du nicht schlafen kannst, tanze, wenn du nicht tanzen kannst, geh hinaus und atme die Nacht ein, gib ihr Nahrung, damit sie dich zur Ruhe bringt und du dich fallen lassen kannst in ihre starken Arme. Gib ihr Luft. Gib ihr deinen entspannten Körper in der Erschöpfung. Gib ihr Farben und Gerüche. Zünde ein Meer von Kerzen an und trinke das Licht, bevor du schlafen gehst. Schließ die Augen und schau über das Weizenfeld, das sich in der lauen Sommerluft wiegt. Höre die sanften Gesänge der Pygmäenfrauen, sie tropfen direkt in deine Zirbeldrüse, wo sie leises Lachen erregen. Gib deiner Haut zarte Berührung. Dann wirst du vielleicht entdecken, was die Wissenschaftler in ihrer Phantasielosigkeit nie finden werden, daß die Nacht, die Dunkelheit so wichtig ist wie der Tag und daß du die Geister, die Ahninnen rufen mußt, um gehört, er-hört und damit geschützt zu werden. Daß der Traumstoff Melatonin auch der Stoff der Parthenogenese sein kann.

Es gibt auf dieser Erde noch Menschen, die das wissen. Man gibt ihnen Alkohol und Blechhütten, Sozialhilfe und Schulen, damit sie die Unwissenden nicht mit ihren Träumen bedrohen. Wußtest du, daß Träumerinnen gefährlich sind? Sie gefährden den reibungslosen Ablauf der Wirtschaft. Sie gefährden das Verblöden der Untertanen, weil Träume Lust auf Leben machen. Und was würden die Herren der Welt wohl sagen, wenn wir aus unseren Gehegen ausbrechen und beginnen, die Welt umzuträumen?

Ausflüge ins Unbekannte

„Wohin so eilig?“ Die Stimme stellt sich mir in den Weg, gerade als ich die Grenze zwischen unserem Sonnensystem und der Weite des Weltalls überschreiten will. „Wer bist du?“ frage ich also zurück. „Und du?“ So kommen wir nicht weiter. Da gibt es so eine rötliche Welle, die auf mich zu pulst. Ich ducke mich unter ihr durch. „Ich will nichts weiter als einen kleinen Ausflug machen“, sage ich. „Paßwort?“ Ich muß lachen. Geht es hier zu wie bei uns zu Hause, wo die Zöllner die selbsterfundenen Grenzen bewachen, damit eine Teilung eingehalten wird, die es überhaupt nicht gibt? Ist es so, daß du durchsucht wirst, und wenn du hundert Gramm zuviel Licht oder zuviel Dunkelheit bei dir hast, wirst du festgenommen, das heißt, in einen Energiekreis eingeschlossen, aus dem du nicht mehr herauskommst? In eins dieser kosmischen Gefängnisse, die bei uns auf der Erde schwarze Löcher heißen? Eingebuchtet und Ende?

„Paßwort?“ frage ich gedehnt. „Wie wärs mit Neutrina?“ Helles Lachen multipliziert sich in die Weite und hallt schrill in meinen Ohren. „Du kannst nicht sein, was du nicht bist“, sagt die Stimme. Ich denke, wenn irgendein Pfarrer diese Stimme hören würde, würde er denken, das sei Gott. „Was bin ich denn?“ frage ich schon etwas verzagt. Das Ritual hat offenbar einen Sinn. So wie das Ritual auf der Badagri Road zwischen Benin und Nigeria. Acht Blechtonnen stehen da auf der Straße, an jeder wirst du von Bewaffneten kontrolliert, die mit der geladenen und entsicherten Pistole lässig durch deinen Paß blättern und Geschenke wollen. Die hinter dir her schießen, wenn du kein Geschenk mehr hergibst oder hast. Was muß ich hierlassen? Meinen Verstand? Wer bin ich? Ich will ein bißchen fliegen, mal schauen, wie es im Weltall so aussieht. Und das Ganze ohne Drogen, einfach mit Hilfe von ein paar Neutrinos und ein paar Enzymen, tiefen Atemzügen, etwas Mastixöl und zweitausend Kilometer Wüste um mich her. Mein Körper liegt unbeweglich in den Schlafsack verpuppt, die Sterne starren auf ihn nieder, lächerlich klein. Und meine Seele hat sich freigenommen und fliegt ein bißchen, weil der Horizont hier so weit ist, daß es leichter ist zu fliegen als auf der Erde zu bleiben.

„Was ist hinter dem, was wir kennen?" frage ich vorsichtig. „Was kennt ihr?" fragt die Stimme spöttisch. „Und wer ist das überhaupt, ihr?" Ziemlich unpräzise, meine Fragen. „Ich kenne eigentlich so gut wie gar nichts", gebe ich zu. „Die Erde ist mir fremd, mein Körper auch, noch fremder das All." Leises Lachen. „Na gut, fliegen wir los. Halt dich gut an dem fest, was du als Stimme wahrnimmst. Schwing dich auf. Wir befinden uns im Einatem des Körpers, den ihr Universum nennt, im Einatmen dehnt sich alles aus und strebt voneinander fort, im Ausatmen sinkt alles in sich zusammen. Den kosmischen Ausatem würdet ihr gar nicht überleben, da wird's etwas eng in der Region, die ihr bewohnt."

„Wer bist du?" frage ich. „Ich hüte die Grenze zwischen dem Erfahrbaren und Nicht-Erfahrbaren. Für dich wohlgemerkt." Wir drehen uns langsam ineinander.

„Wohin bringst du mich?" „Ich führe dich zur Matrix aller Dinge. Auf der Erde wohlgemerkt, mit anderen Orten würde ich dich überfordern."

Ich fühle mich jetzt schon überfordert. Wir treiben in

eine Landschaft, die grau und konturlos ist. Graue Leere. Wie sehne ich mich nach meiner Kreuzspinne, die den ganzen Sommer über ihre Netze in die Türöffnungen webt. Denn irgendwas kommt immer durch, sagt sie. Die Fliegen halten zwar immer lange Vorträge, und wenn sie gut gelaunt ist, hört sie sich einen Teil davon an. Aber am Ende bleibt ihr nur zu sagen: „Wenn du so schlau bist, warum hast du dich dann in meinem Netz verfangen." Ja aber. Ja aber, keuchen und surren die Fliegen, und sie kriecht langsam hin und küßt sie. Leidenschaftlich, versteht sich, bis sie zu zappeln aufhören, und dann nimmt sie sich sogar noch die Zeit und die Mühe, ein schönes Hängemattennetz zu spinnen, damit sie gut hängen.

Hier ist nichts davon, und trotzdem könnte es sein, daß ich bei all meiner Schlauheit der kosmischen Spinne ins Netz gegangen bin.

Aus dem grauen Nichts schälen sich Formen. „Sie werden gerade von jemandem geträumt, phantasiert, erdacht", sagt sie. „Was es hier nicht gibt, gibt es nirgendwo. Aber was du träumen kannst, entsteht hier." Darüber muß ich erst mal nachdenken. Die Mitochondrien, Kraftwerke am Zellkernrand und Datenspeicher für ungewöhnliche Informationen, schalten sich ein. „Tiefer atmen, sonst wird's ein bißchen knapp für uns. Den Körper wirst du ja eventuell noch brauchen, oder hast du vor, als Traum von irgendwem wieder auf die Erde zurückzukehren?" Als Gedankenform? Nein, das lieber nicht. Ich atme. Die Stimme der kosmischen Türhüterin wird leiser. Sie lacht. „Braves Kind, schön zurückfliegen." Ich lasse mich nicht provozieren, meine Füße sind eingeschlafen und prickeln unangenehm. Wo bin ich, wo war ich? Was ist das für eine Grenze? Wer sprach mit dieser Stimme?

„Schön tief atmen, etwas mehr Sauerstoff in die Hirnregion, und Schulter/Rückenpartien etwas dehnen", sagt die Hüterin meines Körpers, die für Grenzüberschreitungen zuständig ist, ich nenne sie scherzhaft Alba, die Morgenröte, mit einer Anspielung auf Alpha, den Trancezustand. Sie versteht meine Art von Humor, aber ist sie deshalb gleich Ich? Um ehrlich zu sein, ich weiß es nicht. Sie paßt aber auch auf, daß ich keine tierischen Produkte mehr zu mir nehme, es bringt ihren Verteilerplan durcheinander, und sie hat nicht genügend Arbeitskräfte, um die Bahnen freizuhalten für die Boten, die immer wieder durchflitzen müssen. Und wenn zu viele Boten steckenbleiben und das Kopfweh langsam aus dem Nacken zu den Schläfen kriecht, die die EngländerInnen bezeichnenderweise „temples" nennen, dann bin ich wieder voll da und kooperiere mit ihr, wie sie ironisch bemerkt: „Erst wenn's weh tut, kommst du zu Bewußtsein. Schrecklich ist das mit dir. Jetzt können wir uns wieder eine Gefäßverengungsimagination ausdenken, damit der Schmerz vergeht."

Manchmal mache ich ihr das Leben schwer, indem ich auf die Schädeldecke haue und sage: Ich bin hier die Chefin. Dann höre ich die vielfältigen Energien kichern: „Jetzt hat sie wieder ihren Ich-Wahn, zu komisch." Und während Boten durch den Darm eilen und wichtige Verbindungsstoffe aus der Scheiße ins Hirn transportieren und mich ignorieren, komme ich langsam zur Ruhe und akzeptiere, daß ich irgendwo da mit drin bin, aber ich weiß nicht ganz genau wo. Jedenfalls meine Hüterin, Alba, die Aufpasserin, die Türhüterin, die Freundin dieser kosmischen Steilwandstimme, sorgt für den reibungslosen Ablauf aller Körperfunktionen, während ich vor mich hin philosophiere, wo mein Ich sitzt, und allen, aber auch allen im Wege stehe.

„Bist du kompliziert!" sagt die Kreuzspinne.

Das Gleiche und das Fremde

Eine meiner Freundinnen kann keinen Lachs essen. Wenn sie Lachs nur sieht, wird ihr speiübel. Die Tochter einer anderen Freundin weint sich die Augen aus, wenn sie einen überfahrenen Fuchs sieht, während ein totes Reh sie sozusagen kalt läßt.

In unserer Kultur ist die Reaktion auf solche Verhaltensweisen: „Sei nicht so empfindlich", „Lächerlich!" oder gar: „Hysterisch!" Nicht so für die Maori (Neuseeland), von denen wir das Wort Tabu (in Maori ursprünglich tapu) ausgeliehen haben. Für sie liegt in einer so engen Verbundenheit, die sich genauso im übergroßen Schmerz ausdrücken kann wie im Ekel, das Fleisch eines Tieres zu essen, eine innere Verwandtschaft, die bei den Ureinwohnern Amerikas Totem heißt, genauer: ototema bei den Cree, ototeman bei den Chippewa und Ojibwa. Damit wird die Zugehörigkeit zu einer bestimmten Pflanze, einem Tier, einem Stein, einem Ort bezeichnet. Das führt dazu, daß die entsprechende Pflanze oder das Tier nicht gegessen werden dürfen, der Stein darf nicht zerstört, auf dem Platz nicht gebaut werden. Das wäre eine Tabuverletzung. Denn was aus demselben Stoff gemacht ist wie du selbst, darfst du nicht zerstören oder verletzen. Ißt du es, wirst du in diesem Sinn zur Kannibalin. So übernimmt jeder Mensch die Patenschaft für ein Stück Natur!

Bei den Fahrenden Osteuropas suchten die Frauen den Platz ab, auf dem gerastet werden sollte. War es ein

Tabuplatz, so mußten sie weiterziehen, denn Tabuplätze bringen schlechte Träume. Und wie meine Großmutter wußte, sind schlechte Träume gleichbedeutend mit Unglück, denn sie erzeugen schlechte Realität.

Während man auf Tabuplätzen nicht den Alltagsverrichtungen nachgehen darf, sind sie aber gesuchte Kultplätze. So werden überall auf der Welt an diesen „verwandten" Orten Geister und GöttInnen verehrt. Mit Steinen verhält es sich ähnlich. Die Yoruba sind davon überzeugt, daß Steine und Menschen verwandt sind, deshalb verehren sie Steine als heilige Orte. Auch in unserem Kulturkreis liegt die Verehrung der Steine ja nicht so weit zurück und wird heute wiederbelebt, wenn sich die Kirche auch wacker mühte, diese heidnischen Bräuche mit „Stumpf und Stiel" auszurotten. Wie wenig es gebracht hat, sehen wir an all den Steindenkmälern der Kelten und Germanen, die heute wieder im Mittelpunkt der Verehrung stehen.

Das Gesetz des Totem oder Tabu sagt, daß du dich selbst verletzt, wenn du eine verwandte Energieform verletzt. Wie wahr das ist, zeigt uns die Zerstörung der Erde, die die Zerstörung der Menschen und Tiere nach sich zieht. Wo die Erde vergiftet ist, werden Menschen anfälliger für Krebs und andere tödliche Krankheiten. Nach diesem Gesetz funktioniert auch der Sympathiezauber: Gleiches zieht Gleiches an. Gleiches hilft Gleichem. In den Ritualen des Totem oder Tabu wird diese Gleiche Kraft gerufen und die Verwandtschaft bekräftigt. Raubtiere sind häufige Totemtiere. In Afrika dürfen sie sogar getötet werden, um sich die Kraft einzuverleiben. Aber niemals darf ihr Fleisch gegessen werden. Sie können nicht Nahrung sein. Obwohl Echsen in vielen Kulturen Heilung symbolisieren, sind sie doch kaum jemals Totemtiere. Auch Krokodile als Totem sind sehr selten. In

Neuguinea am Sepikfluß tritt die Echse gelegentlich als Totemtier auf. Dann wird die Haut der Echse als Trommelhaut für die Reise in die andere Welt gebraucht, das Tier selbst aber wird begraben wie ein Mensch, mit allen Riten.

Totemwesen haben die Fähigkeit, den verwandten Menschen über die Grenze in die andere Welt zu begleiten. Sie werden zu Reisegefährten. Wie zeigen sich diese verwandten Energien? Einmal, wie beschrieben, durch Ekel vor dem Verzehr einer bestimmten Pflanze oder eines Tiers. Dann wieder zeigt sich diese Verwandtschaft durch besondere Liebe, Anteilnahme an einem Wesen der Natur. Ein Tier kann plötzlich kommen und sich zeigen („Tollwut" sagt bei uns der „gesunde Menschenverstand", aber es gibt eben mehr zwischen Himmel und Erde als nur Tollwut) oder in einer Vision erscheinen. Bei den SchamanInnen Sibiriens wird eine Reise über die Grenze in die andere Welt angetreten, um die Schamanenmutter, also das Verwandte Tier, zu finden. Fast alle der rund 2000 Ureinwohnervölker Nordamerikas kennen die Visionssuche. Initianden müssen fasten und sich den extremen Belastungen von Hunger, Durst, Angst und Einsamkeit auf einer Bergspitze oder an einem einsamen Ort aussetzen, um bereit zu sein für die Begegnung mit dem Totem. Diese Techniken werden in Europa oft sorglos wiederholt, wobei vergessen wird, daß unsere Tradition von Magie, Schamanismus und Verbundenheit mit den Wesen der Natur durch die Inquisition abrupt zerstört wurde. Es kommt oft vor, daß WorkshopteilnehmerInnen solcher Schwitzhütten- und Visionssuche-Rituale den Boden unter den Füßen und nicht selten sich selbst verlieren, ohne doch das Totem zu finden, versteht sich.

Um die subtilen Schichten dieser Clanzugehörigkeit

zu verstehen, müssen wir uns auf Dinge einlassen, die bei uns als „verrückt“ gelten, wie zum Beispiel das Tau-Totem auf der Karolineninsel in der Südsee. Von einem Kind wird festgestellt, daß es mit Kokosfasern verwandt ist. Dieses Kind darf also nicht in einer aus Fasern gewebten Hängematte liegen, weil das ein Tabubruch wäre und der Blutschande entspräche. Die Kokosmilch gilt als das Blut der Urmutter. Ähnlich weit entfernt von der „europäischen Vernunft“ liegt das Schüssel-Tabu auf Mota (Neue Hebriden). Die Schüssel wird zwar verehrt, darf aber nicht benutzt werden, weil es heißt, daß die Urmutter, die Clanmutter aller InselbewohnerInnen auf einer Schüssel übers Meer kam. Dieses Totem wurde auch auf Schiffe ausgedehnt, die nun besonders geschmückt und gefeiert werden müssen.

Stirbt ein Totemwesen oder Tabuverwandter, so werden Totenrituale abgehalten wie für Angehörige des Stammes. Die verwandte Energie, die eben überall leben kann, wird in allen Erscheinungsformen gleich geehrt, ohne Unterschiede zu machen. Denn es ist letztlich nicht das Tier oder der Stein, die Pflanze oder der Gegenstand, sondern die Energie, die sich eben diese Form gesucht hat, so wie sie sich auch einen Menschen erwählen kann.

Diese Energie wird verehrt, gefüttert, gepflegt, eingeladen, zu Bett gebracht, besungen und betanzt. Auf den Trobriand-Inseln stammen alle Menschen von einer Urmutter, die aus Korallenlöchern und Erdhöhlen kam. Daher sind alle Löcher und Öffnungen heilig. Nichts darf über ihnen gebaut oder um sie her angepflanzt werden.

In vielen Kulturen sind Bäume Schutztotems und damit tabu. Bei den Yoruba hatten die heiligen Bäume früher eine/n HüterIn. Ein Kind, das bei der Geburt als VerwandteR des Baums befunden wurde, mußte die HüterInnenfunktion übernehmen und war ein Leben lang nur für den Baum da. Palmen, Zedern, Baobabbäume waren oft heilig. Es gibt die Geschichte von einer heiligen Palme, die von einem englischen Industriellen abgeholzt werden sollte, weil ihn der „heidnische Baumkult" störte. Er hatte sich lange überlegt, wie er es zuwege bringen könnte, ohne dabei auch den Jungen zu töten, der ständig in direkter Berührung mit der Palme lebte. Er sagte also dem Jungen, seine Mutter sei schwer krank, er solle sofort zu ihr laufen. Der Junge kam in Konflikt mit seinen Loyalitäten, denn die Mutter ist ebenso heilig wie der verwandte Baum. Er lief zu seiner Mutter, der natürlich nichts fehlte. Als er den Betrug bemerkte, rannte er in heller Panik zurück zu seinem Baum, aber da war die grausige Arbeit schon beendet, und die Palme lag gefällt auf der Erde. Der Junge ging in Trance und sprach mit seiner Palme. Als der Kolonialherr kam, stürzte sich die Palme, die ja eigentlich bereits gefällt dalag, noch einmal zu Boden und erschlug den Engländer. Es war das Wesen, das die Palme bewohnt hatte, das den Schlag ausgeführt hatte. Die Diagnose der westlichen Medizin wäre in so einem Fall vermutlich Herzschlag.

Die Aranda-Frauen in Australien holen sich von Totembäumen den Zauber für ihre Grabstöcke. Wenn sie schwanger sind, merken sie sich den Platz, an dem sie das Baby zum erstenmal gespürt haben. Das Kind hat dann nicht das Totem der Mutter oder des Vaters, sondern das Totem des Ortes, an dem die Mutter es gespürt hat. Denn an diesem Ort ist die Energie in das Kind gefahren und hat es überhaupt erst lebensfähig gemacht.

Es kommt rund um den Erdball häufig vor, daß Männer heilige Haine und Totembäume meiden, weil sie Angst haben, die Wesen dort könnten sich auf sie stürzen und ihre Seele rauben, so daß sie in den Bäumen hängenbleibt. Auf den Fidji-Inseln heiratet eine Frau in das

Totem ihres Mannes ein, das heißt, sie hat fortan zwei Totems, die sie begleiten und ihr zugehörig sind. Allgemein gilt, daß ein Totem- oder Tabutier die Angst vor dem realen Tier nimmt. Angehörige der Leopardenmenschen in Afrika oder der Schlangenmenschen werden von den entsprechenden Tieren nicht getötet. Die Schlangenmenschen, auch die Schlangenpriesterinnen des Voodoo, zelebrieren die Verwandtschaft mit ihrem Tier, indem sie Schlangengift in kleinen Dosen zu sich nehmen, bis sie tatsächlich immun gegen das Gift sind.

Es ist möglich, mehrere Totems zu haben, das ist nicht bequem, da es zwar große Kraft, aber auch viel Verantwortung bringt. Weil es immer wieder zu Tabuverletzungen kommt, haben viele Völker Rituale, die diese Verletzung aufheben sollen. In den Festen werden alle Wesen besänftigt, die durch Unachtsamkeit oder Gedankenlosigkeit beleidigt wurden. Durch diese regelmäßigen Feste leben die Menschen ohne Angst vor Tabubruch und im Einklang mit den vielen Wesen der anderen Welt. Sie verlieren nie das Verständnis für die Vielschichtigkeit der Ebenen, und zudem sind die Zeremonien – von den Reicheren ausgestattet und von den Ärmeren genossen – wichtige Begegnungen der Menschen innerhalb der Gemeinschaft. Sie haben eine soziale Funktion, und viele der armen Dorfbewohner essen sich hier einmal richtig satt.

Totem/Tabugemeinschaften sind oft stärker als Dorfgemeinschaften. Bei den Ureinwohnern an der Westküste Nordamerikas wird die Clanzugehörigkeit durch einen Totempfahl in der Mitte des Dorfes demonstriert. Ähnlich ist es bei uns mit den bewegten Frauen (Frauenzeichen), den Grünen (Baum, Walfisch), den Autofanatikern (ADAC). Tatsächlich gibt es auch das Geschlechtstotem (in vielen Südseeinselgemeinschaften).

Die Frauen verehren das weibliche Geschlecht in Zeichnungen, Figuren, in Kaurimuscheln und in Festen, bei denen das weibliche Geschlecht gefeiert wird, die Männer verehren ihr Geschlecht. Aber verheiratete Männer und Frauen haben noch ein gemeinsames Totem, für das sie in ihrem Wohnraum einen kleinen Altar aufstellen.

Totem/Tabugeister zeigen sich oft durch materielle Zeichen (besondere Steine, Federn, Krallen, irgendeinen Fund, irgendeine Meldung im Radio/TV, irgendein Ereignis, das auf sie hinweist). Wohl denen, die die Zeichen lesen und deuten können. Materielle Zeichen werden an sich nicht verehrt, aber als Nabelschnur zu den Geistwesen heilig gehalten und oft an einem besonderen Platz (Hausaltar, Geisterhäuschen, kleiner Schrein oder sogar Tempel) aufbewahrt oder in einen Medizinbeutel gegeben. Medizinbeutel sind demnach nicht Behälter für Medikamente, sondern tragbare Wohnorte für die verwandte Kraft, die schützt und begleitet und die Reise über die Grenzen in andere Ebenen ermöglicht.

Das Tor in der Landschaft

An der Grenze zwischen Kalifornien und Oregon gibt es einen seltsamen Ort. Die Einheimischen nennen ihn, vor allem das Haus, das irgendwann einmal darauf gebaut wurde, „Place of mystery". Als die Ureinwohner des amerikanischen Kontinents noch unter sich waren, wären sie nicht darauf gekommen, ausgerechnet an diesem Ort ein Haus zu bauen. Sie nannten den Ort „Tor zu den Sternen" oder so ähnlich. Ein Siedler, der das Haus baute, wurde verrückt. Es ist nämlich so, daß dort der Regen in der Regenrinne aufwärts läuft und alle Wände, obwohl genau berechnet, krumm und schief sind. Wer sich im Haus aufhält, wird krank, allein schon von dem seltsamen Effekt, daß er in der einen Ecke des Zimmers um einen halben Meter geschrumpft, in der anderen dagegen größer erscheint. Um es kurz zu machen: Für die Ureinwohner war der Ort ein im Alltag gemiedener und gefürchteter Kultplatz, an dem sie allerhöchstens einmal im Jahr die AhnInnen trafen.

Eine ähnliche Wirkung hatte auf mich der Lago di Tremorgio im Tessin. Ich hatte von diesem Meteoritenkratersee gelesen und fuhr zu einer verzweifelten Selbstheilungsaktion dorthin, weil die Ärzte mir baldigen Tod herbeireden wollten. Die Kraft an diesem See, der umgeben ist von irdischen und außerirdischen Steinen und Kristallen, läßt sich tatsächlich mit „Tor zu den Sternen" beschreiben. Ich fühlte mich wie in einem Beschleunigerkanal und wagte es nicht, zur Mitte des Sees zu schwimmen, weil ich fürchtete, dann in den Weltraum „gebeamt“ zu werden.

In alten Zeiten könnte dieser Platz mit dem kreisrunden See und den vielen Quarzen und Kristallen gut ein Ort der Heilung gewesen sein. Meine Krankheit jedenfalls löste sich dort auf, und ich kehrte seelisch gestärkt nach Hause zurück...

Das Wissen um starke Plätze ist eigentlich erst in der christlichen Ära verlorengegangen, obwohl sogar die Kirche noch auf diese Plätze baute, im übertragenen wie im praktischen Sinn. Die Kathedrale von Chartres zum Beispiel steht auf einem Durchgangstor zum Kosmos, und da, wo die Kraft am stärksten ist, zeigt ein Labyrinth auf dem Boden der Kathedrale den Weg. Die meisten Wallfahrtskirchen oder Heiligen geweihten Brunnen stehen auf solchen Energieplätzen.

Die ursprünglichen Kulte sind vergessen, und die Kirche hat, erfolgreich, ihre eigenen anzubetenden Personen eingesetzt. In Altötting steht die Rundkapelle auf dem alten Göttin-Tempel-Platz (Alt-Göttin!), und in Erinnerung an die Schwarze Göttin ist auch die Maria schwarz. Für Blanche Merz, die sich mit geobiologischer Forschung beschäftigt, gibt es Orte, die eine besondere, meßbare Energie ausstrahlen und von daher Tore zu anderen Erfahrungen, zu spirituellen Erkenntnissen sind. Mit dem bloßen Auge können solche Plätze oft daran erkannt werden, daß Bäume von einer Stelle wegstreben und krumm wachsen, daß Formationen im Wuchs von Gras oder Getreide zu erkennen sind, daß Pilze in einem Ring wachsen (Hexenringe), daß Ameisenstraßen oder -haufen entstehen. Ameisen lassen sich besonders gern auf Kraftorten nieder, aber auch wilde Bienen und Hornissen bauen ihre Stöcke gern auf starken Energieplätzen.

Menschen, die heilige Höhlen oder Berge, besondere Orte oder Steinformationen verehren, feiern dort ihre Begräbnisse, ihre Initiationen und nehmen Kontakt zu den AhnInnen oder Geistern auf, suchen Visionen, die sie im Leben leiten sollen. Dafür eignen sich Kraftorte nämlich besonders gut. Sie halten sozusagen den Geistern den Platz warm und erleichtern so den Sterblichen den Kontakt zur anderen Welt.

Oft trifft es sich, daß die heiligen Orte eines Volks zugleich über natürlichen Uranvorkommen liegen, wie in Tibet, Australien oder auf der Black Mesa der Hopi. Uran ist eine Energie, die, in die Erde gebettet, die spirituelle Erhöhung ihrer Bewohner bewirkt; wenn sie abgebaut wird, beginnt sie zu zerstören. Die Menschen, die in der Nähe solcher Energieplätze leben, wußten immer sehr genau, daß sie den Ort nicht stören dürfen, der ihr Tor zur anderen Welt ist. Und so gibt es bei den matriarchalen Hopi auch die Vorhersehung, daß die Welt zerstört wird, wenn die Heiligen Berge abgetragen werden.

Heiligen Orten solltest du dich mit großem Respekt und innerlich vorbereitet nähern. Vielleicht denkst du, es sind schon so viele Menschen durch diesen Steinkreis, in diesen Tempel, über diesen Stein, auf diesen Kraftplatz gelatscht, was soll's, wozu die heilige Überhöhung. Das Verrückte an solchen Orten der Kraft ist aber, daß du nur geschützt bist – vielleicht, sagen wir mal –, wenn du naiv bist, keine spirituellen Ambitionen hast und für dich ein Museum, ein Supermarkt oder ein Steinkreis atmosphärisch Pott wie Deckel sind. Vielleicht. Vielleicht hast du plötzlich Kopfweh. Vielleicht wirft dich eine Depression nieder. Vielleicht fühlst du dich verzagt und ohne Zukunftsperspektive. Aber weil du dich nie damit beschäftigst, beachtest du nicht, an welchem Ort die Depression oder die Verzweiflung dich anspringen und gibst dem

Gefühl keine weitere Bedeutung. Sobald du aber anfängst, mit feinen Energien zu arbeiten, die atmosphärischen Störungen bei Menschen, Orten, Ereignissen wahrzunehmen, kannst du nicht mehr einfach so zum Spaß eine Energie antesten, dich irgendwo hinsetzen, mal schauen, was passiert!

Steine könnten dich in Welten ziehen, deren Pulsschlag zu langsam für dich ist, um zu überleben. Erdstrahlen könnten Schleier zurückziehen und den Blick auf Realitäten freigeben, die dir den Boden unter den Füßen wegziehen. Plötzlich wird der Herzschlag schneller, und die Gedanken gehorchen nicht mehr dir, sondern einer fremden Energie, die du nicht siehst, nicht fühlst, nicht kennst. Dein Körper weitet sich, zerlegt sich vielleicht in Einzelteile und bringt dich ins Schleudern, weil du dich nur als ganze Erscheinung fühlen kannst, ohne verrückt zu werden.

Es gibt Orte, die verändern deinen Blick, deine Wahrnehmung der Materie, so daß du nicht mehr weißt, wie du eine dir bekannte, vertraute Welt zusammensetzen sollst. Dann hörst du Töne, vielleicht sogar Stimmen, die dir Angst machen. Du wartest, daß etwas Bekanntes diese mächtige Verunsicherung beendet. Du denkst verzagt, daß du nur ein bißchen schnuppern wolltest, und jetzt wallt dir die unergründliche, geballte Energie entgegen, die offenbar dich meint, nur dich. Das Feste weicht zurück, beginnt zu schwanken, der Atem schmeckt scharf nach Angst, tobt gegen die Lungenbläschen, du frierst, willst entkommen, kannst dich nicht rühren. Was auf dich zukommt, ist so fremd, so ungenannt, unbekannt, daß es kein Bild, keinen Vergleich gibt, in den du dich retten, flüchten könntest.

Dazu muß es übrigens nicht unbedingt Nacht sein. Vermutlich bist du gar nicht in der Lage, aufgrund von

Erfahrungen anderer, die du gehört oder gelesen hast, die Energiegezeiten dieses Ortes einigermaßen zu beurteilen. Wenn du Glück hast, weißt du, daß zur Sommersonnenwende oder zu Frühlingsbeginn hier oder dort ein Fest gefeiert wurde, dann bist du wenigstens zu diesen Zeiten einigermaßen gewappnet. Aber das Tükkische an solchen Orten ist, daß sie, ähnlich wie Kräutermedizin oder Gifte, auf jede Person anders wirken. Als ich mit meiner Freundin Margarethe die Steinreihen in Karnac besuchte, konnte ich ohne jede Wirkung einen Stein, von dem ich fühlte, daß er der energetische Mittelpunkt des Ortes war, berühren. Als Margarethe nur ihre Fingerspitzen auf den Stein legte, bekam sie einen so starken Schlag, daß sie aufschrie und ich kurz in Panik geriet, weil sie so außer sich war.

An einem kleinen, fast unbekannten Steinkreis in Cornwall, Boscawenun, hatte ich einmal das außergewöhnliche Erlebnis einer Reise ins Weltall, als ich mich auf den geneigten Mittelstein legte, der wie ein Bügelbrett zum Himmel zeigte. Kaum hatte der Rücken Kontakt zur Steinoberfläche, zischte ich am hellen Tag und mit offenen Augen hinaus ins All, wo mir so schwindlig wurde, daß ich mich anschließend übergeben mußte.

Hinweise auf solche Orte finden sich in Märchenbüchern, in Volkskundebüchern, die bestimmte Landschaften und Orte beschreiben, aber auch in ganz normalen Wanderführern, wo ja jeder frühgeschichtlich bedeutende Ort, sei es ein Stein, eine Keltenschanze, eine Tempelruine oder ein Wallfahrtsort, eingetragen ist. Laß dich von deinem Gefühl leiten. Geh zu Orten, die dich anziehen, dich „rufen“. Meide Orte, die dir unangenehm, abweisend erscheinen. Laß dich nicht zu spirituellen oder magischen Experimenten überreden. Sie werden den alten Kräften, die mit uns leben, nicht gerecht.

Offene Türen einrennen

Türen sind geschlossen. Türen öffnen sich. Aber die 13. Tür? Will ich gar nicht rein, sagt eine Freundin. Unheimlich! Vor der einzig geschlossenen Tür steht immer die Katze: Mach auf! Will rein. Will raus!

Türen sind hauchdünne Denkpausen zwischen Innen und Außen. Türen werfen Fragen auf: Warum? Türen signalisieren Schutzbedürftigkeit: Bleib draußen! Früher wurden sie aus besonderem Holz, aus neun Hölzern, aus fester, starker, Geister abwehrender Eiche gemacht oder aus Leder und mit Schutzzeichen versehen. Durch Löcher ziehen die rastlosen Seelen ein und aus, die Geister, die sich nicht entscheiden können und sich mal hier, mal da ansiedeln.

In Navajo- und Pueblohäusern sind die Schwellen sehr hoch, und die Türen in den Lehmhäusern sind wie Einschlupflöcher, genau wie bei den Tellem oder Dogon in Westafrika. Das schützt vor Kriechtieren und tieffliegenden Unruhegeistern. Das Sprichwort „offene Türen einrennen" beschäftigt sich mit der spirituellen Erkenntnis, daß eine Tür dann offen ist, wenn die Zeit reif ist, wenn ES stimmt.

Die patriarchale Tür-Kultur, die uns archäologisch reichhaltig überliefert ist, läßt fast vergessen, daß es eine Zeit ohne Türen gab, ja sogar ohne Schutz. Ein Feuer reichte. Türen schließen ein. Türen vermitteln Beklemmung: die letzte Schranke vor dem Arzt, dem Chef, dem neuen Arbeitgeber, vor der großen Liebe oder der großen Enttäuschung. Schließt sich eine Tür, scheinen sich alle zu schließen; der Luftzug einer Tür, die sich öffnet, zieht andere mit auf. Wo Gott eine Tür schließt, öffnet er ein Fenster, pflegte meine Großmutter gelegentlich zu sagen. Mir persönlich sind die Göttinnen lieber, die keine Fenster- und Türenpolitik betreiben. Und doch gibt es verheißungsvolle geschlossene Türen...

Die Gurus, Meister und Schamanen der heutigen Eso-Szene betreiben zumeist schamanische Selbstbefriedigung vor verschlossenen Türen. Wo sie selbst nicht dahinterschauen, können sie schon gar keinen Einblick vermitteln. Aufgeblasene Rituale, schmerzhafte oder erschöpfende Übungen sollen die Illusion vermitteln „durchzubrechen", nachdem das „Ich gebrochen wurde". Und seltsam: Frauen, die in der Kindererziehung diese Bruchpiloten verabscheuen, nehmen in reifen Jahren plötzlich wieder die Ideologie an, daß sich Türen vielleicht doch erst öffnen, wenn sie lange genug davor geschrieen, gehechelt, sich erniedrigt, auf dem Boden gekrochen, geweint, gekotzt und gewimmert haben. Der Schlüssel zu manchen Türen scheint die sexuelle Unterwerfung zu sein. Ich muß mich nur öffnen, reden sich die Frauen gut zu; wahrscheinlich bin ich so verkrampft, so zu, daß ich nicht sehen kann, wie gut mir das tun wird, wenn ich mich diesem Therapeuten/Guru/Meister ganz hingebe. Alles will er meistens eh nicht (dazu reicht bei einer Gruppe von etwa 80 Prozent Frauen die Potenz gar nicht), also was soll's, wenn er mir mit einer Feder über meine Vaginalippen streicht, auch wenn ich es nicht will. Vielleicht öffnet sich ja eine Tür? Ja, aber vielleicht ist es nur die Tür zum Plumpsklo.

Die Männerbündegesellschaft, die gerade ihre Endzeit erlebt, hat die Türen errichtet, die sie mit ihren Sicherheitsschlüsseln nun wieder aufsperren will, zu Bereichen, die Frauen nie verschlossen waren. Es ist nicht das Problem von Frauen gewesen, ihre Intuition, ihre Gefühle, den Austausch mit der Natur in ihr Alltagsleben, ihre wissenschaftliche Arbeit, ihren Beruf zu integrieren. Da diese Mischung aber so mächtig ist, galt es seit Hunderten von Jahren für Kirche, Gesetz und Eheleben, das Wissen der Frau um ihre Urteilsfähigkeit systematisch zu zerstören. So kommt es heute zu der absurden Situation, daß Frauen zu Schamanen gehen, um etwas zu lernen, was die meist nicht können, die Frauen aber in sich tragen. Ist es nicht in vielen Workshops so, daß nicht etwa Türen geöffnet werden, sondern die Teilnehmerinnen ihre Geschenke bloß an der Tür abliefern dürfen, um dann um so ratloser, manchmal sogar psychisch verstört oder verwirrt wieder nach Hause zu gehen?

„The Doors" – die Türen – nannte sich eine Kultgruppe der sechziger Jahre. „Day destroys the night. Night divides the day, try to run, try to hide, break on through to the other side..." (Der Tag zerstört die Nacht. Die Nacht teilt den Tag, versuch zu rennen, versuch dich zu verstecken, brich zur anderen Seite durch) schrieb der Sänger der Doors, Jim Morrison. Er soff, kiffte, fixte gegen die Tür an, schlug sich die Seele daran wund und sah schließlich, dem Drogendelirium nah, keinen anderen Weg, als sich umzubringen – sein Weg auf die andere Seite. Ich erinnere mich an Trips, die ich in den sechziger Jahren geschluckt habe: dieses unendlich weite, gehetzte, farbige, gleißende Gefühl, gleich irgendwo anzukommen, die Welt in ihren vielen Schichten zu durchbrechen! Das Bewußtsein, daß es gar keine festen Grenzen gibt! Der Meteoritenschauer von bunten Lichtern! Sehnsucht, endlos, lachend, heulend, ich will DURCH. DURCH.

Und daneben die Erfahrungen, die ich ohne Drogen,

ohne Alkohol, ohne Gifte heute mache: die kontrollierte Ekstase, dieser langsame, unspektakuläre Aufbau von Atem und Bilderflut! Die Wogen aus den Tiefen der Erinnerung, die immer stärker, immer mächtiger anbranden, immer weiter sich zurückziehen, um donnernd meine Sinne zu überfluten. Und in jedem Moment dieser Flut, in jeder beliebigen Tiefe dieser Ekstase gibt es eine Rücksprache zwischen dem Körper, der Seele, die die Bilder registriert und verarbeitet, der tiefen Erinnerung, die Nachschub liefert, sofern die Kraft reicht. In jedem Moment gibt es die Möglichkeit des Rückzugs, eben wie in einem langen Orgasmus, keine Fremdbestimmung, keine Regeln, keine Gesetze, die es einzuhalten oder schmerzlich zu brechen gilt. Keine Tür, die auf und zu geht. Eher schon, wie Susanne Wenger, die Yoruba-Priesterin sagt, eine Schaukel. Auf der einen Seite springst du auf und schwingst dich hinüber in andere Welten, auf der anderen Seite springt die Göttin auf und schwingt sich in deinen Alltag, und die Schaukel geht hin und her und hin und her, und die Göttin und die Frau treffen sich und halten Hochzeit.

Türen sind schlimm genug, warum die 13.? fragt mich eine Frau. Da will ich rein! sagt eine andere. Aber was erwartest du dir denn darin? frage ich. Das Wunder. Ganz einfach. Sagt sie.

Bei meinem ersten Besuch in Malta wollte ich unbedingt die älteste Tempelanlage, Skorba, sehen. Ich hatte erfahren, daß der Schlüssel zur Gittertür, die den Tempel schützt, bei der Polizei liegt. Die Polizistin wollte ihn mir zuerst nicht geben. Dann schob sie mir mißmutig einen langen rostigen Schlüssel über den Tisch. Ich ging zurück zum Tempel: Der Schlüssel paßte nicht. Wie eine Katze auf Raubzug umschlich ich den Tempel. Im Süden der Anlage erwartete mich eine Überraschung:

Der Zaun samt Gittern war eingefallen. Von Süden her war der Tempel problemlos begehbar. Wovon lenkt die Tür ab? denke ich seitdem oft.

Der tropisch schwüle Garten von Ninfa, einer kleinen urzeitlichen Ortschaft in Latium/Italien, in dem Bambuswälder und Granatapfelbäume schlummern und in dem es, mitten in der fauligen Hitze der pontinischen Sümpfe, den kleinen See La Nifa gibt, benannt nach der Nymphe, die sich auf der Flucht vor dem Sarazenenkönig vom Fels gestürzt und in eine wunderbar kalte Quelle verwandelt hat – dieser Garten ist nur einmal im Monat geöffnet, zwischen Mai und Oktober. Während aber das Tor, fest verschlossen, ohne Klingel und Klopfer, durchaus nicht zu öffnen ist, mündet der Park auf der (südlichen) Rückseite in die freie Landschaft, so daß es praktisch möglich ist, das unbeweglich verschlossene Tor von der Rückseite anzuschauen, das Tor zwischen Luft und Luft, zwischen Nichts und Nichts, zwischen hier und dort.

Türen sind eher mit kindlicher Heiterkeit, mit Vertrauen und Lust zu öffnen als über Anstrengung, Gesetz und Ordnung. In Ursula LeGuins „Erdseetrilogie" muß der Zauberlehrling, um in die hohe Schule zu gelangen, eine Frage des Torhüters lösen. Sie lautet: Wie heiße ich? Alle Antworten, alles Raten und Rätseln helfen nicht. Die alte Tür will sich nicht öffnen. Schließlich sagt der Junge: Ich weiß es nicht. Und wie heißt du? fragt der Torhüter freundlich. Der Junge sagt seinen Namen, seinen wirklichen Namen, das heißt, er bezeichnet sich mit seiner Kraft, mit der Essenz seiner selbst. Und die Tür öffnet sich.

Die unsichtbare Welt

Eine kleine Siedlung des Ga-Stammes in der Nähe von Winneba, Ghana. Besuch kommt aus England, während ich mich bei der Fetischpriesterin aufhalte, um von ihr zu lernen. Zwei Ethnologen machen eine Studie über die Ga und ihre Lebensweise. Ich sehe die beiden Männer gelegentlich mit Tonbandgerät und Schreibzeug, von Kindern umzingelt, im Männer- und Besucherhaus. Sie sprechen mit dem Chief und einigen anderen Männern.

Ich wohne im Frauenteil des Dorfes, zu dem Männer, insbesondere fremde Männer keinen Zutritt haben. Die Fetischpriesterin wohnt am weitesten vom Dorf der Männer entfernt. Einige Wochen nach der Ankunft der Ethnologen treffe ich die beiden in der Hauptstadt Accra. Ich fange eine Unterhaltung mit ihnen an: Was sie in Ghana vorhaben, wie ihre Arbeit aussieht und so weiter.

Sie erzählen mir, daß sie in einem kleinen Dorf Untersuchungen machen. Sie haben mich dort offenbar nie gesehen. Ich frage, was sie herausbekommen haben. Das Dorf hat einen Chief, einen Herbalist (Kräuterheiler), einen Hexenfänger, einen Schmied, der etwas abseits lebt, erfahre ich. Was ist mit den Frauen? frage ich. „Ach, die Frauen haben keine besondere Funktion. Sie existieren praktisch kaum. Irgendwie sind sie wohl in ihre Hütten weggepackt worden, das mag daran liegen, daß der ganze Stamm islamisiert ist und die Frauen nie an die Öffentlichkeit gehen."

Das ist nun eine wirklich interessante Wahrnehmung

dieser beiden Jungs. Immerhin sind die Ga ein ursprünglich matriarchal organisierter Stamm. Die Fetischpriesterin hat eine wichtige Funktion innerhalb der Dorfgemeinschaft, und die Frauen haben eigene Rituale – an denen Männer allerdings nicht teilnehmen dürfen. Die Frauen gehen, genau wie die Männer, in die Öffentlichkeit, wann und wie sie wollen. Sie fahren auf Märkte und nach Accra, sie gehen ans Meer, sie gehen oder fahren in Nachbardörfer, oder sie bleiben in ihrem Teil des Compounds. Wahrgenommen werden sie nicht, weil sie sich nicht drängen, mit den Fremden zu sprechen. Weil sie oft sogar die gemeinsame Kolonialsprache Englisch verweigern. Weil kein Fremder ins Frauendorf gehen darf. Weil die Frauen fast überall in Westafrika nicht scharf darauf sind, ihr Wissen an Fremde wichtigtuerisch weiterzugeben.

Die Realität, die mir die beiden englischen Ethnologen schilderten, wich total von meiner Erfahrung mit den Frauen des Dorfes ab. Sie kannten eben nur die halbe Wahrheit und davon auch wieder nur die Hälfte, weil Fremde in Afrika (da schließe ich mich ein) die meiste Zeit damit beschäftigt sind, die fremden, schmerzhaften, unbequemen, beängstigenden, nervenden Erfahrungen zu verarbeiten. Die „Realität" ist da, für jede Person zu sehen. Aber die Fähigkeit oder die Möglichkeit, sie zu sehen, ist auf geheimnisvolle Weise blockiert. Die unsichtbare Schwelle kann nicht überschritten werden, denn für Männer ist das Frauendorf tabu. Anstatt die Beschränkung wahrzunehmen, wird aber die Situation so geschildert, als sei eben alles so, wie sie es gesehen haben (siehe auch Nigel Barley, „Der unschuldige Anthropologe", der über Dowayoland so schreibt, als gäbe es dort nur zwei Frauen, eine, die ihn bekocht und ihm ein paar Informationen verrät, und eine dicke Alte, die hinter ihm her ist). Ich bin allerdings sicher, daß auch diese beiden Ethnologen-Narren etwas veröffentlichen und danach folgerichtig auch zitiert werden.

Die unsichtbare Schwelle zu wirklichem Wissen ist nicht selten das Zitat. Wissenschaftler sichern sich ab, indem sie mehr Autoren zitieren, als ein Mensch in einem Leben lesen mag. Diese Zitate sind die Voraussetzung für wissenschaftliche Anerkennung, für Promotion, Habilitation und dergleichen Bubenspielchen. Hauptsache, du bist zitierfähig. Über Zitate werden Jahrhunderte hindurch Tatsachen zementiert, die vielleicht nur dem Hirn eines überarbeiteten oder sexuell unter Druck stehenden Eierkopfs entsprungen sind. Nicht berücksichtigt ist hierbei die Anpassung der Wirklichkeit an die Zitate. Wissenschaftler stehen unter dem Druck, das beweisen zu müssen, was sein soll, weil das andere eben nicht sein darf. Auf dieser unsichtbaren Schwelle stehen die Atomindustriebetreiber vor jeder wissenschaftlichen Arbeit über die Schädlichkeit von Strahlung, auf dieser Schwelle stehen die Hersteller und drohen dem Wissenschaftler mit dem bösen Finger: Finde heraus, was wir brauchen, sonst streichen wir dir deine Förderung. Auf dieser Schwelle stehen die Großkaufhäuser, die Zigarettenfirmen, die Banken, die sich ihre Künstler heranziehen.

Diese unsichtbare Schwelle überschreiten, heißt chaotisch vorgehen: Nichts ist unverrückbare Tatsache! Nichts unumstößlich! Von allem, was behauptet wird, ist auch das Gegenteil möglich. Die Frage auf der unsichtbaren Schwelle ist nicht warum, sondern WIE? Wie kommt jemand an Informationen? Wie arbeiten Wissenschaftler? Wie finde ich mehr heraus? Wie kann ich mit Wissen kreativ umgehen? Wie wird Wissen verhindert? Wie setzen sich bestimmte Behauptungen durch und andere nicht? Wie entsteht Wissen? Wie siehst du die Welt?

Die unsichtbare Schwelle führt in die Welt der Absichten und Pläne, der Gesetze, was sein darf und was nicht, der Zensur, des Protektionismus. Andererseits führt die unsichtbare Schwelle in die nicht wahrgenommene Welt. Große Forscher geben sich nicht mit minderem Kram ab, mit alten Frauen, mit Handarbeit, mit Weiberzeugs, mit Dienstboten.

Im amerikanischen Süden wurden die Sklaven und späteren befreiten Dienstboten schlicht nicht bemerkt. Die wichtigsten Gespräche wurden in der Gegenwart schwarzer Hausbediensteter und Sklaven, auch Prostituierten geführt, weil sie ja gar nicht zählten. Die Informationen, die die Unterdrückten so sammeln konnten, waren für die Befreiung der Sklaven nicht unerheblich.

Was wurde nicht alles über westafrikanische Magie, Voodoo, indianische, asiatische Kulte und Riten geschrieben! Praktisch jedes Volk, jeder Stamm gab zu irgendeiner Zeit die eigenen Geheimnisse an Ethnologen weiter. Wie viele Bücher brüsten sich mit den „geheimen Riten", „unbekannten Zauberpraktiken" von irgendwelchen Völkern der Erde. Jedes unbekannte Fleckchen dieser Erde wird von den mediengierigen Herren der Schöpfung ausgelotet, die Information breitgetreten. Wer aber kennt die Frauengeheimgesellschaften dieser Erde? Wer bemerkt die häßliche, zahnlose Alte, die in der Türöffnung ihrer Hütte sitzt und ihren Brei rührt? Wer versteht sie schon? Diese Banausinnen aller Couleur haben sich ja konstant geweigert, die Erobererersprache zu lernen. Sie können nicht einmal lesen und schreiben!

Wir Frauen haben immer dichtgehalten, sagte mir sinngemäß die Priesterin eines Frauengeheimbundes. Die Männer haben ihre Geheimnisse für eine Baseballkappe, für einen Kassettenrecorder oder, wenn's hoch kam, für ein Ticket nach London oder Paris verkauft. Wir haben blöde gelächelt und nichts gesagt. Die Fremden haben gedacht: Diese senilen alten Weiber, die wissen ja eh nichts.

Die Sprache der unsichtbaren Schwelle ist eine sinnliche Sprache, da es an gemeinsamen Worten fehlt. Wo die Scheinkommunikation endet, beginnt der sinnliche Austausch von Wissen. Das Zeichnen, das Anfassen, das Studieren der Augen, der Gesten, das Berühren des Körpers, das Erfühlen der Stimmung, die sich nicht hinter nichtssagenden Worten verbergen kann.

Die unsichtbare Schwelle fragt: Muß es sein? Und manchmal läßt sie dich nicht rein. Dann verpaßt du einen Bus/einen Zug, dann geht dir das Auto kaputt. Dann brennt deine Wohnung, und du wirst von einem Tag auf den anderen todkrank.

Manchmal mußt du drüber, manchmal darfst du dich nicht nähern. Manches hinter dieser Schwelle schreit danach, entdeckt zu werden. Anderes mahnt dich, den Mund zu halten, ganz gleich wie sensationell die Entdekkung ist. Eine Hexe weiß, wann sie zu schweigen hat! sagt Erika Wisselinck. Sie weiß auch, wann sie umzukehren hat.

Jedem Weg ist ein Kraut gewachsen

Schwellenkräuter – wer denkt da nicht sofort an halluzinogene Rauschpflänzchen. Das liegt zwar auf der Hand, die meine ich aber nicht.

Das ist ja gerade das Beschränkte an der westlichen Kultur: Für jedes Bedürfnis gibt es Abhilfe, alles ist im Überfluß da, wir essen zuviel, zu fett, zu giftig, trinken zuwenig Flüssigkeit, lassen uns von kulturellen Ereignissen überfluten, und für die Überschreitung der Grenzen muß es dann halt auch so ein Schaman-Quick, so ein Instant-Erleuchtungsmittel sein. Viel Zeit haben wir ja nicht, also muß zum Durchtritt in die „andere Welt", was immer das ist, ein Wochenende reichen.

Das kann natürlich nur mit großen Meistern funktionieren, die mühelos auch Hunderte von Menschen mit einem Knopfdruck, Pardon, mit einer Handbewegung in Trance katapultieren. So, was haben wir denn Schönes erlebt? Ich war in Ägypten, ich war eine Priesterin... Ich war mit einem Adler unterwegs (schön für dich, wenn man bedenkt, wie wenig Adler es noch gibt)... Ich fiel in eine grauenvolle Vernichtungstrance, wurde gefoltert, gevierteilt...

Komisch, keine war Magd, keiner war Pferdeknecht, keiner war im frühgeschichtlichen Miesbach, alle waren in Tibet oder Südamerika oder auf Bali (ich denke, da spielt auch das Wetter eine Rolle). Wenn wir vor zwanzig Jahren unsere Joints tief inhalierten, glaubten wir ja auch, daß wir jetzt auf der anderen Seite gelandet seien. Denn die andere Seite, wie könnte es anders sein, ist ekstatisch, frei, überschäumend, wunderbar, zeitlos, schmerzlos, wie der Rausch halt auch.

So etwas wie „kontrollierte Ekstase" mit verschärfter Wahrnehmung und genauen Körpersensationen, durch die ich erstmals etwas so Fernes wie das Innere meiner Ferse kennenlernte, erlebte ich, als ich anfing, Nahrung zu reduzieren und Wildkräuter zu essen, die ich auf Spaziergängen fand. Nichts sammeln, trocknen, speichern oder einmachen – einfach nur gehen, pflücken, essen.

So ein Spaziergang konnte – einmal aus den Klauen des Autoverkehrs – in der Kurve der Himmelschlüssel (Schlüsselblumen) beginnen, von denen ich einige Blüten abzupfte und aß. Dann würde der krumme Veilchenweg kommen, hier ein Veilchen, da ein Veilchen, dann der Bärlauchhang mit feuchten Ecken. Bärlauch in den Mund, soviel ging. Darauf ein Schluck Wasser aus einer Waldquelle, denn Bärlauch ist stark genug, um alle anderen Kräuter in den Hintergrund zu drängen. Jetzt folgte die Waldlichtung mit den ersten hervorspitzenden Frauenmantelblättern und ein paar ganz jungen Löwenzahnblättern (wo Frauenmantel wächst, kannst du getrost auch alle anderen Kräuter direkt in den Mund stecken, denn Frauenmantel hält sich nur auf kaum gedüngten und nicht giftbehandelten Wiesen). Der Abschluß meines Kräuterspaziergangs war jeweils ein kleiner Weiher mitten im Wald, an dem es, am Zufluß, jede Menge wilder Kresse gab. Ich war im siebten Himmel!

Was die Schlüsselblumenblüten vorbereiten, vollendet Kresse: totale, hellwache Wahrnehmung. Plötzlich ist das Gefühl, im Körper zu sein, zugleich das Gefühl, „drüben", in der anderen Welt zu sein. Die Haut wird zur Grenze. Wer bin ich? Der Kopf, der alles, was von ihm weg ist, als Nicht-Ich empfindet?

Dieses Gefühl der Haut als Grenze zwischen Ich-Innen und Ich-Außen, Ich-Kopf und dem Rest der Welt vermittelt auch eine sanfte Berührung mit Brennesseln. Da, wo die Brennessel die Haut weckt, entsteht klingendes, chaotisches Wachsein. Alle Sinneswahrnehmungen konzentrieren sich an diesem Punkt und stellen Innen-Außen her. Das automatische tiefe Atmen, das du gar nicht unterdrücken kannst, ist einerseits gut für die Lungen, andererseits führt es zu einer Schnellversorgung aller Zellen mit Sauerstoff, worauf diese ihre Informationen ungefragt preisgeben, weil sie sich gefordert fühlen.

Die Mitochondrien, Hüterinnen des Zellkerns (siehe auch Kapitel „Ausflüge ins Unbekannte"), nutzen den Energieimpuls, um altes Informationsmaterial aus der Schutzschicht herauszulösen, und während dein Blut durch einen vollkommen neuartig animierten Körper pocht und fließt, liegst du auf weichem Moosboden, hast überhaupt noch nie die Weichheit von Moos oder Seegras so gespürt! Wunderst dich über die unaufdringliche Schönheit der vorbeiziehenden Wolken, die nichts von dir wollen und du nichts von ihnen, und trotzdem seid ihr da. Du kaust an deinen Kresseblättern, verarbeitest die Eindrücke deines Mundes, Speichel, scharfer Geschmack auf der Zunge, pelzige Schicht auf den Zähnen, hörst eine Lerche hoch in der Luft singen und siehst zwei Habichten zu, die sich spiralig höher in den Himmel winden. Du folgst ihnen, bis sie verschwunden sind, und verschwunden bist auch du, denn als du zu dir kommst, ist die Sonne tief gesunken, und du weißt, daß du jetzt gehen mußt, weil deine Haut abgekühlt, dein Magen rebellisch leer, dein Mund trocken ist.

Du streckst dich, seufzt, gähnst, stehst träge auf, und auf dem Heimweg scheinst du über der Erde zu schweben. Jeder Schritt scheint dich der Schwerkraft für einen

Bruchteil eines Augenblicks zu entziehen, ein weiches Polster dehnt sich unter dir, deine Energie, dehnbar, flexibel, wird breit und umarmt die vielen Häute der Bäume und Sträucher. Du pflückst ein paar hellgrüne Tannenspitzen und kaust sie so lange, bis sich der grüne Brei mit Spucke verflüssigt hat. Blitzende Lichter gehen dir auf, lachen sie nicht, die Tannen, obwohl sie eigentlich nichts zu lachen haben? Hörst du nicht das Wasser glukkern, das sie durstig mit ihren Wurzeln aus der Erde ziehen? Da ist der wilde Beifuß. Du nimmst ein paar Blätter, mächtig fühlst du dich jetzt, ganz in deinem Körper, nah an der Quelle deiner Kraft, jede Müdigkeit verfliegt, du könntest stundenlang laufen, tust es. Läufst auf einer imaginären Schiene, läßt dich von der Energie der Erde einfach an einen anderen Ort versetzen, wirst nicht müde, läufst lachend, die Augen schielen schon ein wenig, weil sie eigentlich nach innen schauen, wo die Organe es kaum glauben können, was ihnen geschieht, und sie folglich das Ganze für einen wahren Feiertag halten. Das Blut plätschert lustig, fehlt nur noch, daß ein paar launische Forellen durchflitzen. Du folgst dem roten Gebirgsbach durch alle aufatmenden Organe bis zum Hirn, wo sich neue Gedanken wie junge Triebe bilden, die irgendwann einmal aus der Luft angesiedelt wurden und bisher nie Nahrung hatten, sich zu entfalten.

Ja, meine Liebe, aber damit sind wir noch nicht am Ende, denn auf einem sonnigen Waldrand rankt sich das Gundelkraut, die Gundelrebe (von blöden Kräuterbüchern auch zum Gundermann verhunzt), diese Lippenblütlerin, die gern mit der wilden Bachminze verwechselt wird, auf die ich sicher auch noch zu sprechen komme. Die Gundelrebe rankt sich am Boden entlang, und wer sie sich einverleibt, braucht das Sterben nicht zu fürchten, sagen die alten Weiber, von denen ich alles, aber auch alles habe, was ich weiß. Du kannst dir das Kraut des Nachts als Kranz um den Kopf winden, vergiß aber nicht, die Blätter zu essen. Denn das Gundelkraut schützt dich vor Alpträumen, vor schlechten Begegnungen in Trance und im Körper, vor Angriffen und Attacken. Und brauchen wir nicht vor allem Schutz, um unsere Kraft zu finden? Deshalb paßt ja die Gundelrebe so trefflich zur Minze, denn letztere, roh genossen, führt dich über manche Schwelle, geben wir's zu, halluziniert dich sogar ein bißchen ein, und die Gundelrebe trifft die Auswahl der Begegnungen: Du nicht, du bist mir zu glatt, und du zu bucklig und du zu frech, und dir würde ich meine Wohnungstür nicht aufmachen, also raus aus meiner Trance, aber schnell. Darauf ein paar Wacholderbeeren, als bitterer Besen: Hinaus mit euch, ihr Vernichter und Gewalttätigen, ihr Stinker, ihr Meister, die ihr im Hinterkopf Platz genommen habt, und ihr Frömmler, die ihr mich an meine Pflichten als Frau erinnert, denn ich bin uferlos. Ich peitsche euch mit meinen Schafgarbenstengeln! Ja, die Schafgarbe macht kräftig und öffnet die Augen für das helle Sehen und das wahre Sagen.

So, und jetzt noch in aller Eile ein Gesetzesbruch: Ein paar Huflattichblätter (vom Gesetz auf die schwarze Liste gesetzt) eingeschoben und gut gespeichelt (freilich, fünf Kilo auf einmal würden dir wohl schaden. Aber fünf Kilo Schweinebraten, fünf Liter Bier oder fünf Liter H-Milch aus dem Supermarkt schaden auch und sind doch nicht verboten). Vergiß also das Gesetz, wenn du Grenzen überschreitest. Vergiß auch Drogen. Denn ähnlich Landschafts- und Landesgrenzen sind auch hier die offiziellen Grenzen ganz andere als die wahren Grenzen. Die sind fließend, nehmen keine Rücksicht und brauchen keine Schamanenausbildung, keine Roßkuren. Alles, was sie brauchen, sind deine fünf Sinne und ein paar Kräuter...

Vom Stolpern, Stottern, Hinken – frag die Dümmste

Ich suchte schon den ganzen Tag nach einem heiligen Ort des Voodoo-Kults in Benin. Entweder wollten mir die Leute den Platz nicht sagen, was ich akzeptierte, oder sie wußten ihn gar nicht, was ich auch akzeptieren mußte. Irgendwann gab ich auf, setzte mich zu einer Straßenköchin und aß etwas. Der Schweiß lief mir herunter. Fliegen setzten sich auf meine Haut.

Eine Frau setzte sich neben mich auf die Erde. Sie stieß unverständliche Laute aus, hatte eine Wunde am Auge, auf der sich Insekten niedergelassen hatten, und am Körper trug sie ein zerfetztes Tuch. Sie war alles, was mir an diesem Tag noch fehlte. Die Menschen um uns her lachten schadenfroh, denn offensichtlich war sie die Närrische des Dorfes. Gnadenlos verspotteten Kinder ihr Äußeres, rissen Witze und tanzten um sie herum. Daß sie neben mir saß, erhöhte das Vergnügen: die Fremde und die Verrückte! Soviel Glück hat man nicht jeden Tag.

Ich rückte etwas von ihr ab, aber sie drängte nach. Ich kaufte ihr etwas zu essen. Sie schob das Essen mit den Fingern in den Mund und schlang es hinunter. Ein einziges Problem hatten wir nicht miteinander: Ich sprach nicht Fon, sie aber auch nicht. Also verständigten wir uns wild gestikulierend und grunzende Laute ausstoßend. Wir waren ein echtes Volksspektakel.

Als es mir zu bunt wurde, stand ich auf und ging, so höflich wie möglich Abschiedsformeln stammelnd. Aber sie stand auch auf. Zu allem Überfluß hinkte sie ein wenig, und sie heftete sich an meine Fersen. Da zogen wir also durch das Dorf, die Fremde, schwitzend, finsteren Gesichts, die Närrin, hinkend, Laute ausstoßend, und eine Schar Kinder, schreiend und quietschend vor Vergnügen. Wir ließen das Dorf hinter uns. Ich hatte keine Ahnung, wohin ich ging, ich wollte einfach nur weg. Die Frau berührte mich an der Schulter und deutete auf einen Buschpfad. Als ich meine Schritte dorthin lenkte, mehr um ihr eine Freude zu machen, nickte sie heftig mit dem Kopf. Ich ging voran, aber plötzlich wußte ich, daß ich geführt wurde.

Hinter uns wurde es ruhiger. Die Kinder blieben zurück. Das Hinken der Frau erzeugte einen seltsamen Rhythmus, der nun unsere Gangart bestimmte, wie ein kurzes hörbares Ausatmen und ein sehr langes Einatmen. Schon lange war von der Peinlichkeit und Bedrängtheit der Situation zuvor nichts mehr zu spüren. Wir passierten einen kleinen Schrein, ein Häuschen mit Blechdach, in dem ein Opferstein von Blut, Hirse, kleinen Figuren und Blüten bedeckt war. Das Buschwerk wurde dichter und ging in einen Wald über. Kühle. Die Frau trieb mich mit ihrem hinkenden Rhythmus vor sich her. Der Pfad war überwuchert, aber gut zu sehen. Schließlich öffnete sich das Buschwerk auf eine Lichtung. Eine große Frauenfigur, aus Holz geschnitzt, starrte mich an. Bunte Stoffetzen waren an ihre Arme gebunden, vor ihr lagen Opfergaben. Ich war an dem heiligen Platz angekommen, den ich den ganzen Tag gesucht hatte, und die hinkende, verwahrloste Frau war eine Priesterin, Amawu, die mir noch allerhand beibrachte.

Seit diesem Erlebnis achte ich mehr auf das scheinbar Schwache, Schlechte, Wertlose. Ich habe angefangen, in verschiedenen Gärtnereien Pflanzen und Büsche zu holen, die weggeworfen wurden, weil sie „erfroren sind“,

„nichts mehr werden“, weil sie scheinbar tot sind. Auf diese Weise bin ich zu wundervollen Rosenstöcken, zu Bambus und Weißdorn gekommen. Hängt sich ein Zweig auf einem Spaziergang bei mir ein, nehme ich ihn mit nach Hause und stelle ihn so lange in Wasser, bis er Wurzeln treibt. Ich habe so eine Erle, einen Rotdorn, eine Esche, eine Buche, eine Ulme und mehrere Fichten gepflanzt.

Oft sind es die verunsicherten, scheuen, stammelnden Kinder, die dir wichtige Dinge zu sagen haben. Sie „halten den Betrieb auf“, sie stören, sie machen dich darauf aufmerksam, daß sich die Welt zu schnell dreht. Mich interessiert, wo der Fluß stockt, wo sich Hindernisse auftun. Verlierer machen dir mehr klar als Sieger. Und am meisten lernst du da, wo du scheiterst, nicht zurechtkommst.

Das Niedere, Mindere, das Hindernis, die Behinderung, Stolpern, Stottern, Hinken hält die Welt in Atem. Du willst, daß alles reibungslos geht, du willst, daß du auf knappe Fragen knappe Antworten bekommst, und dann soll alles wieder wie geschmiert laufen. Aber das Glatte, Geschmierte bedient nur den reibungslosen Ablauf des Stumpfsinns. Schaust du in den Fernseher, gehst du in eine große Buchhandlung, dann findest du nur glatte Oberflächen, keine Irritation wird dir begegnen. Was der Öffentlichkeit angeboten wird, wurde vorher von allen hinderlichen Bestandteilen gereinigt. Werbung läuft so geschmiert wie Unterhaltung. Alle Texte sind nivelliert. Alle Bücher sagen mehr oder weniger das gleiche mit mehr oder weniger den gleichen Worten. Niemand soll durch sperrige, kantige, unverständliche Sätze irritiert werden, denn Fragen stellen heißt ja heute praktisch schon blöd sein.

Und dann fragst du nach dem Weg, und der Landstreicher mit der Hasenscharte antwortet dir. Wie peinlich! Wie dumm! Hättest du nicht jemand anderen fragen können. Jetzt hast du ihn am Hals. Du verstehst ihn nicht. Während er sich müht, dir etwas mitzuteilen, schaust du seine schäbige Jacke an, die zerrissene Hose, die aufgeplatzten Schuhe. Jetzt läuft ein anderer Film ab: Mußt du ihm helfen? Bist du ihm nicht etwas schuldig? Lebst du in deinem bescheidenen Wohlstand nicht auf seine Kosten? Er öffnet dir die Welt der wahren Empfindungen. Deiner nicht gesprochenen Gedanken, deiner wirklichen Ängste.

Einmal sitzt mir ein Bettler im Weg, und ich gebe ihm gedankenverloren schnell eine Silbermünze. Ich habe es eilig. „Oh, die Dame“, sagt der zerlumpte Mensch. „Das ist aber nett. Wie wäre es, wenn Sie mal Ihren Lederbeutel nähen würden, das würde zu Ihrer schönen Seele besser passen.“ Er greift in die Tasche und holt eine Blechmünze heraus. „Hier“, sagt er. „Ist nichts wert, dafür können Sie nichts kaufen, aber ich wünsche Ihnen, daß sie immer Geld in Ihren Beutel lockt.“ Zögernd nehme ich die Münze an. Ich habe vergessen, daß ich es eilig hatte. „Warum behalten Sie denn die Münze nicht selber. Sie könnten sie doch sicher gut brauchen?“

„Wer sagt dir, Mädelchen“, sagt er und grinst, „daß ich Geld brauche oder suche. Vielleicht suche ich ganz was anderes?“

Die Begegnung hat sich auf mein Leben stark ausgewirkt. Ich habe etwas darüber gelernt, daß Geld Grenzmaterial ist. Verwandlungssubstanz zwischen zwei materiellen Zuständen. Geld hat etwas zu tun mit dem Tanz zwischen den Welten, dem Loslassen und rechtzeitig Auffangen. Raum einnehmen und sich unsichtbar machen. Etwas für sich fordern und zugleich alles aufgeben können.

In vielen Märchen begegnen wir HeldInnen, die sich trennen, scheinbar dumm sind, ihr Letztes geben und doch reicher sind als alle. Sterntaler hat nichts und gibt noch alles weg und bekommt schließlich die Sterne als Geschenk. Hans im Glück findet die Erfüllung im Weggeben, weil er dann nicht mehr so schwer tragen, so aufpassen, sich so belasten muß.

In den Märchen sind es die Dümmsten, die begreifen, worum es geht. Die dumme Urschl zum Beispiel, die Magd in dem gleichnamigen Märchen aus der Steiermark, hängt so sehr an den Kühen, daß sie sie trotz Gewitter und Platzregen suchen geht, während sich die reichen Bauerntöchter nicht dreckig machen wollen. Sie ist aber auch nicht von dieser verlogenen Sorte, scheinheilig immer auf die Belohnung am Ende schielend. Sie liebt ihre Kühe, die sind ihr so wichtig wie die Menschen. Und als sie sie findet, liegt da so ein dürres, altes Manndl, das offenbar verletzt ist. Nun steht ihr nicht gerade der Sinn danach, jetzt auch noch den Alten irgendwohin zu schleppen, aber liegenlassen kann sie ihn ja schließlich auch nicht. Also hilft sie ihm in eine alte Hütte. Schwer ist er, und sie ist sauer, meine Güte. Muß denn immer alles zusammenkommen! Er hustet, und es geht ihm wohl nicht gut, und in der Hütte findet sich einiges, das man essen könnte, also macht sie schnell ein Eiergericht. Kocht eine Suppe. So. Die Kühe scharen sich um die Hütte. Urschl ist es wohl. Das Feuer brennt, sie ißt mit dem Alten, sie erzählen sich Geschichten. Und Blitz und Donner, weil sie das tut, was einfältig, aber genau das Richtige ist, verwandelt sich die Hütte in ein Schloß.

Überhaupt diese Begegnungen mit den alten Hexen im Wald oder den Männlein, die Hunger haben oder eine Auskunft wollen. Die Reaktionen haben es in sich! Bist du eingebildet und hochmütig, dann mußt du halt eine

Runde aussetzen. Hörst du aber hin und gehst deinem Herzen nach, dann entdeckst du wahre Wunder. Dem Grafen war es auch nicht gerade ein Herzensbedürfnis, die Alte aus dem Märchen „Die Gänsehirtin am Brunnen" durch den Wald zu schleppen, aber, du liebe Zeit, sie ist ja klein und dürr. Doch „kaum war sie aufgesessen, wurde sie immer schwerer, und es ging ihr nicht schnell genug. Sie trieb ihn mit einer Haselgerte an" und lachte und freute sich.

Das Schwache und das Dumme haben es in sich! Dort, wo gestottert und gehinkt wird, dort, wo das Alte, Gebrechliche, das Blöde und scheinbar Ahnungslose auftaucht, kreuzt sich diese Welt mit allen anderen Ebenen. Und wenn du etwas über dich und deine Existenz erfahren willst, wenn du wirklich Türen aufmachen willst, hinter denen Kostbarkeiten sich verbergen, dann hältst du mit der Welt den Atem an, wenn das Mindere, das Schwache daherkommt. Denn hier ist deine Chance, und wer weiß, wie oft sie kommt.

Schwellenbräuche

Es gibt wohl kaum einen Ort, der so gefährlich und zugleich so verheißungsvoll ist wie die Schwelle. An der Schwelle sammeln sich Besucher, Geister, eintrittswillige Menschen gleichermaßen und wollen diese magische Grenze zwischen hier und dort, zwischen Dazugehörigkeit und Ausgeschlossensein überschreiten.

Unsere keltischen Vorfahren fürchteten die Schwellengeister so sehr, daß sie unter Kulthäusern und Wohnstätten angesehener Stammesfürsten ein geopfertes Kind vergruben. Das sollte die Geister besänftigen und die Menschen schützen, die die Schwelle übertreten durften. Die afrikanische Voodoo-Religion kennt das Einreiben der Schwelle mit rotem Ocker oder in den Südstaaten der USA mit rotem Ziegelstaub. Das rote Pulver ist ein Sinnbild für Leben und vertreibt die Totengeister und böse gesinnte Mächte. Auch Hundezahnketten im Türrahmen oder unter der Schwelle sollen diese Wirkung haben: Die Hunde sind die Hüter des Totenreichs (in Neuguinea zum Beispiel, in Ägypten oder Mali) und verbellen/verbeißen Eindringlinge. Ein Frauengeheimbund in Nigeria schützt die Schwelle mit Menstruationsblut. Gelegentlich wird dieser Schutzzeremonie aber auch mit Kontaktgiften Nachdruck verliehen. Die pulverisierten Blätter einer Giftpflanze werden in der richtigen Menge in die Schwelle gerieben. Die Frauen des Bundes schützen sich durch Salben, die mit Kräutern versetzt sind, deren Wirkstoffe das Gift der Schwellenkräuter aufheben. Sie streichen ihre Füße damit ein, oder sie springen über die Schwelle.

Ich schütze meine Schwelle, indem ich sie bespucke und meiner Spucke Anweisungen gebe, unliebsame BesucherInnen nicht durchzulassen. Manchmal will ich überhaupt niemanden sehen und spucke etwas mehr. Dann kann es schon passieren, daß ich anfange, mich zu wundern, wieso überhaupt niemand mehr kommt, bis mir einfällt, daß meine Schwelle einfach undurchlässig ist. Es ist auch schon vorgekommen, daß der Briefträger, der sonst ungeniert selber aufschließt, draußen von einem Fuß auf den anderen tritt. Interessant finde ich, daß Kinder den Schwellenbann problemlos durchbrechen. Ich nehme an, sie sind so närrisch und unschuldig zugleich, daß für sie magische Gesetze meistens nicht gelten. Eine Ausnahme: wenn sie mir etwas klauen wollen. Dann entsteht an der Schwelle der peinliche Lärm, der alles verrät.

Die christliche Insekten/Fliegen-Paranoia, die uns an den Rand der totalen globalen Pestizidvergiftung geführt hat, stammt mit Sicherheit aus der Zeit der Inquisition, als man überzeugt war, daß der „Teufel" der Herr der Fliegen und der unheilvollste Ort, an dem „das Böse" entsteht, die Insektenlarven und -nester in der Hausschwelle sind. Wer auf der Schwelle sitzt, zieht die Geister an, hieß es. Aber diesen Glauben übernahm die Kirche von vorchristlichen Religionsformen, die auch schon das Bauopfer kannten: So wurde unter die Schwelle eines jeden errichteten Hauses ein Opfer eingegraben, zum Glück kam man mit der Zeit ohne Kinderopfer aus und begnügte sich mit Getreide, kostbaren Steinen, einem Geld- oder Goldstück, einem Gebildbrot und dergleichen (Gebildbrote sind Gebäcke, die zu einem bestimmten Bild geformt sind, das sie versinnbildlichen sollen, z.B. einem Zopf, einer Frau, einem Mann, einem Haus, einer Sonne usw.).

Krankheiten werden gern von der Schwelle aus bearbeitet. Geht eine Viehseuche um, gräbt man Weihrauch unter die Schwelle (Steiermark) oder vergräbt eines der verendeten Tiere dort und weiht den Schwellenstein mit einem besonderen – heutzutage natürlich mit einem christlichen – Ritual. Krankheitsdämonen siedeln sich gern an der Schwelle an, was verständlich ist, weil man von dort den größten Überblick hat, zudem ist die Fluktuation groß, für Krankheitsdämonen sicher ein enormer Vorteil!

Die Sennerinnen der Tiroler Bergalmen besprachen sich am ersten Abend ihres Aufenthaltes mit den Berggeistern, die unter der Schwelle einer jeden Almhütte wohnen. Manchmal wurden ihnen sogar Lieder gesungen und ein Schälchen Milch auf die Schwelle gestellt.

Bei den Senufo in Burkina Faso/Westafrika wird die tote Person mit dem Kopf zuerst aus dem Haus getragen, dann hängt man die Tür aus und trägt sie hinterher. So folgen alle Krankheitsdämonen und die Geister aus dem Totenreich nach, weil sie an die Tür gebunden sind. Die Schwelle wird dann gefegt und mit Asche gereinigt, und die Tür wird mit der toten Person begraben.

In den Schweizer Bergen (Graubünden und Wallis) haben manche Häuser, wie mir eine alte Walliser Bäuerin erzählte, einen Totenschluf, ein Totenloch, damit der Geist der verstorbenen Person nicht über die Schwelle treten muß. Meistens ist das Totenloch oberhalb der Tür, und es ist immer offen. Ein Heiler von Habkern, der unlängst gestorben ist, hatte über die Schwelle seines Hauses eine Art Fetischgebilde aus Holz, Nägeln und Fett gehängt. Das Fett ist die Nahrung für Vögel und Insekten, sagte er. Nägel (also Metall) wehren angreifende

Geister ab, und das Holz gibt Leben dazu. Auch er war der Meinung, daß man sich nicht unnötig lange auf einer Schwelle aufhalten sollte.

Ganz anders steht es aber mit den Frauen, die ja oft stundenlang auf der Schwelle „ratschen", sich unterhalten. Gilt für sie die Geistergefahr nicht? Ist es wie bei den Tuareg der Sahara, daß die Männer sich mit Kopfschleiern vor den Geistern schützen, mit denen die Frauen allerdings befreundet sind? Wird die Braut in unseren Breiten über die Schwelle getragen, daß sie sich nicht mit den Geistern gegen den Bräutigam verbünden kann? Oder hängen sich die Geister lieber an die Frauen, an deren Rock- oder Schürzenzipfel, und kommen auf diese Weise ins Haus? Fest steht, daß überall auf der Welt die Frauen auf der Schwelle oder vor der Schwelle oder unmittelbar daneben ihre Arbeit tun und nicht unter den Geistern leiden. In Malta klöppeln die Frauen ihre Spitzen, in Bayern wird geratscht, in Westafrika nach getaner Arbeit ebenso. In England unterhalten sich Nachbarinnen ohne Furcht von Tür zu Tür, auf der Schwelle stehend. Interessant ist ein Brauch der Oberpfalz, wo die Frauen bis in die heutige Zeit einen rasanten und sehr erotischen Weiber-Fasnachtsbrauch für sich beanspruchen, bei dem nicht selten Männer verprügelt werden. Dieser Schwellenbrauch verlangt, daß der Mann sich, ehe er ins Haus geht, von der Frau mit Wasser übergießen läßt. Gelingt es ihm, unbegossen über die Schwelle zu schlüpfen, so ist das Recht der Frau verwirkt, und er wird ihr Boss, sozusagen. In Niederbayern, insbesondere dem bayerischen Wald, wird noch ab und zu ein Messer in den Türstock gesteckt, gegen die Truden, die beim Anblick von blankem Metall und scharfer Klinge die Schwelle nicht überschreiten können oder wollen.

Alle Schwellenbräuche sind sich, rund um den Erdball, einig, daß gefährdete, besonders schwache Menschen die Schwelle meiden sollen. Neugeborene trägt man erst nach Initiation oder Taufe über die Schwelle, Schwangere müssen mindestens neun Tage, manchmal auch einen Mond lang warten, bis sie wieder über die Schwelle treten können, ohne dem Ungeborenen zu schaden. Kranke meiden Schwellen oder springen drüber (meistens liegen sie eh im Bett und haben das Problem mit den Schwellengeistern gar nicht erst, wenn sie sich natürlich auf die pharmazeutische Industrie verlassen und herumlaufen, dann wird's kritisch). Wer zum erstenmal eine Schwelle übersteigt, sollte sich, vor allem, wenn es sich um ein wichtiges Haus handelt, gut vorsehen: Niemand sollte in der Nähe sein, der Neid, Mißgunst, Eifersucht oder Haß gegen die Schwelleninitiandin fühlt. Ein bißchen Salz auf die Schwelle gestreut, sorgt auch dafür, daß Sympathie entsteht zwischen den Geistern und der entsprechenden Person.

In Bayern wurden die Toten früher drei Tage im Haus aufgebahrt, so daß sich alle Lebenden verabschieden und Totenwache halten konnten. Dann wurde der Leichnam eingesargt und hinausgetragen. Das Wichtigste dabei war, daß der Sarg auf der Schwelle nicht abgesetzt werden durfte, er durfte weder die Schwelle noch den Türstock berühren, denn das konnte bedeuten, daß die Totengeister im Haus blieben – fatal, wie sich leicht denken läßt! Danach wurden die Stühle umgekippt, manchmal auch die Schwelle mit Wasser begossen.

Unter der Schwelle vergrabene Knochen, Geldstücke, Stoffreste und dergleichen können sowohl Glück wie auch Schaden bringen. Wird das entsprechende Material im Sinne der Hausbewohner vergraben, wirkt es sich günstig aus. Wenn aber ein Außenstehender Schaden anrichten will, kann er mit ekligen Zutaten den Leuten im

Haus das Leben schwer machen, ein rostiger Nagel ist da noch das Harmloseste. Früher versorgten sich die Schädlinge mit Überresten von Gehängten vom Galgenberg. Heutzutage tut es wohl eine Packung Frischeinudeln oder eine Büchse Katzenfutter genauso, in denen sich oft mindestens so eklige Substanzen befinden wie einst auf dem Galgenanger.

Die meisten Liebeszauberbräuche sind ebenfalls mit der Schwelle verbunden. Knoten wurden da gebunden und unter die Schwelle gelegt, Öl, heißes Wasser, Menstruationsblut, Kröten – der Phantasie war keine Grenze gesetzt. Und war der Zauber einmal unter der Schwelle angebracht, fehlte nur noch der Kontakt, der den Liebeskurzschluß auslöste. Trat die solchermaßen traktierte Person auf die Schwelle, war es um sie geschehen.

Heilzauber verlangte nicht selten gegen jede andere Schwellengewohnheit, daß Kranke ausgerechnet auf der Schwelle geheilt oder mehrmals über die Schwelle getragen werden mußten – vermutlich, damit die Krankheitsgeister wieder an ihren rechtmäßigen Platz unter der Schwelle zurückgehen konnten. Ein immer noch beliebtes Glücks- und Abwehrzeichen ist das Hufeisen, über der Schwelle an den Türstock genagelt. Fällt es runter, gibt's 'ne Beule, und das Glück muß wieder versöhnt werden. Unter der Schwelle vergraben, sichert das Hufeisen dauerndes Glück. Eine besonders trickreiche Variante der Geisterabwehr: Du legst ein Heubündel auf die Schwelle, wenn du besonders schutzbedürftig bist, denn dann müssen die Geister anfangen, die Gräser zu zählen, und das kann dauern... (eine Schale Reis ist auch nicht schlecht). Wer etwas Wichtiges vorhat, muß auf jeden Fall mit dem linken Fuß zuerst die Schwelle betreten. Auf der Schwelle zu stolpern, ist kein gutes Vorzeichen.

Ein beliebtes Orakel war früher im Alpenland das

Nußorakel: Eine halbe Welsch(Wal)nußschale mit Salz auf die Schwelle gestellt, wird am nächsten Morgen auf Feuchtigkeit überprüft. Bleibt das Salz trocken, so geht die befragte Angelegenheit gut aus. Wer sich in einem Haus befindet, das unheilvoll, beklemmend, unangenehm, bedrückend ist, wie, sagen wir mal, das Sozialamt, das Finanzamt oder das Arbeitsamt, sollte beim Hinausgehen über die Schwelle springen, weil das von der Notwendigkeit befreit, noch einmal dort hingehen zu müssen.

Vielleicht ist es mir gelungen, klarzumachen, daß Schwellen der ideale Aufenthaltsort für Hexen und zauberkundige Frauen sind: Nirgends wirkt Einflußnahme (zum Beispiel gegen unverschämte Vermieter, gegen Wucherer, Vergewaltiger usw.) kräftiger, als wenn sie auf der Schwelle „befestigt" wird. Hexen stampfen auf Schwellen Gewitter herbei, rufen das Wilde Volk und die Weisen Frauen, verbünden sich mit den Kräften, die die Welt wieder ins Gleichgewicht bringen können, füttern Spinnen, Kröten und Schlangen genauso wie Ahninnen und Göttinnen auf den Schwellen.

Schwellenorte sind gefährlich, aber nur für jene, die nicht wissen, wer sie sind, woher sie kommen und wohin sie gehen. Für alle anderen, für die klugen, starken, kundigen Frauen, sind Schwellen die Orte der Verwandlung.

Riten des Übergangs

Es ist bei uns aus der Mode gekommen, wichtige Übergänge im Leben rituell zu feiern, zu ehren und sich damit den Übergang zu verdeutlichen. Eine der kuriosesten Auswirkungen davon ist, daß du nicht mehr sehen kannst, wann jemand erwachsen ist. Männer bleiben ewig kleine Jungs, an die Brüste der Mama geklammert, verantwortungsscheu(los). Frauen irren durch Kindheit, Jugend und Alter, immer im Glauben, daß sie der Mann zur Frau und irgendwann auch zur Leiche machen wird, was sich meistens sogar noch erfüllt.

Den Übergang von der Kindheit in die Pubertät vollziehen wir höchst unsinnlich schwarz oder weiß gekleidet durch ein Kirchenritual, das mit einer Uhr und einem neuen Kleid oder Ähnlichem garniert wird. Den Übergang ins Mutterdasein versüßt uns die Pharmaindustrie mit Valium, und im Augenblick größter Transzendenz und höchster körperlicher Leistung steht ein weißgekleideter Mann (eventuell noch mit zwanzig Studenten) neben uns und spielt sich auf als Fachmann für etwas, das er selbst nie nachvollziehen, fühlen oder auch nur wissen kann: die Geburt. Alt werden wir langsam und schleichend durch demonstratives Ausgeschlossensein bei den üblichen Jagdszenen – was viele Frauen als Erleichterung empfinden. Wenn wir uns lange genug durch die graue Mittelzone der Wechseljahre gequält haben, fällt vielleicht irgendwann jemandem (den Kindern, Wohnungssuchenden oder anderen lieben Menschen) auf, daß unsere Wohnung viel zu groß für uns ist und daß wir doch in einem Altersheim viel besser aufgehoben sind. Das ist der Übergang in den Tod. Stillgelegt, ruhiggespritzt dämmern wir dem letzten Übergang entgegen, der Flucht aus dem Körper. So unbewußt wie wir gelebt haben, sterben wir, werden vergessen, sind nicht lebendige Erinnerung, lebendiges Wissen unseren Nachfahrinnen.

Die Jahreszeiten spüren wir in der Stadt ohnehin nicht mehr. Ist's Sommer? Ist's Winter? Egal, Hauptsache schönes Wetter! Was wächst? Was wird geerntet? Was wird verwahrt und in dunklen, kalten Winternächten genüßlich belebt? Keine Ahnung! Erntezeit ist die Zeit, da tonnenweise Orangen, Äpfel und Salat vernichtet werden, Pflanzzeit ist die Zeit der Allergien, der Giftwolken über Obstplantagen und Feldern, der steigenden Nitratspiegel im Grundwasser und Trinkwasser, Winterzeit bringt uns – wie jede andere – Avocados aus Israel, Trauben aus Südafrika, und Fleisch gibt's ja sowieso das ganze Jahr, denn gemästet, vergiftet, geschlachtet und gefressen wird ohne Unterschied zu jeder Jahreszeit, der Kühlkultur sei Dank, wir frieren ein, was nicht mehr Platz hat im Magen. Sollen andere verhungern!

Wir kaufen die Nelken, die auf Feldern gezüchtet werden, wo früher Nahrung für Einheimische angebaut wurde und heute die Einheimischen mit Pflanzen„schutz"mitteln vergiftet werden. Wir füttern sogar unsere Haustiere zu Tode mit Nahrung, die auf kargem, kostbarem Boden wächst, der seine Bewohner nicht nähren darf.

Nicht einmal Tag und Nacht können wir auseinanderhalten. Die Städte sind rund um die Uhr hell, gearbeitet wird rund um die Uhr. Sollen in der Geisterstunde doch die Geister versuchen, Schlummernde zu stören, wenn sie welche finden. Dunkelheit macht Angst. Licht ist angesagt, sowohl in der Industrie, die uns dafür mit Atomkraftwerken beglückt, als auch in den esoterischen Schulen, die ihre „Lichtritter" ausschicken, um die Menschheit mit ihrem Licht auszubrennen.

Wo sind sie geblieben, die aufregenden feierlichen Feste, die das Mädchen bei der ersten Menstruation zur Frau erklärten, die die junge Frau in den Kreis der Mütter, der Nährenden, die Alte in den Kreis der verehrten Wissenden aufnahmen? Wo ist der Gruß an die Sonne am Morgen und an den Mond bei Nacht, die Einladung an die Geister, sich zum Mahl zu setzen? Das Wecken der Erdgeister, das Verabschieden der AhnInnen bis zum nächsten Winter, das orgiastische Feiern der Fülle, der Abschied vom Leben? Die feierliche Eröffnung der anderen Welt, um den sterblichen Körper zu verlassen?

Ich will nichts zu tun haben mit einer Kultur, die über menstruierende Frauen die Nase rümpft, Frauen verachtet, angreift, tötet, Alte ausstößt und Toten lediglich das Kinn hochbindet und sie dann in Plastiksäcken zur Entsorgung in den Krankenhauskeller wirft. In meiner Welt, der Welt, wie ich sie kennengelernt oder wiederentdeckt habe, werden in Ritualen die Kräfte der Frauen geweckt, gehegt, gepflegt und verabschiedet.

Ein Frauengeheimbund, mit dem ich zusammenkam, von dem ich nicht allzuviel erzählen kann, weil die Frauen ihre Geheimnisse sehr gut hüten, feiert die Initiation ins Frausein nach der ersten Menstruation durch achtmonatiges Isolieren der jungen Frauen. In dieser Zeit werden sie in die Liebe zwischen Frauen und ihre besondere Kraft eingeweiht. Sie bekommen kleine Holzpuppen, mit denen sie zärtliche Beziehungen eingehen und die ihnen fortan als Helferin zur Verfügung stehen, die sie bei sich am Körper tragen, füttern, liebkosen und um Rat fragen. Viele Frauen dieses Geheimbundes heiraten nicht oder gehen, falls sie Kinder haben, Frauenheiraten ein, eine Einrichtung, die überall in Westafrika vorkommt, mit der sich Frauen gegenseitig materiell absichern, wenn sie keinen Mann heiraten wollen oder können. Nach dem Initiationsritual gelten die jungen Frauen als erwachsen.

Der Übergang ins Alter wird noch in vielen Kulturen mit einem wichtigen und großen Ritual gefeiert: Die Frau, die nicht mehr blutet, wird in den „Vorhof der Ahninnen“ gehievt, wo sie bis zu ihrem Tod verehrt und um Rat gefragt wird. Und ist es nicht das Wissen der Alten, das unsere Kultur so fürchtet? Könnte sie nicht der jungen Frau allerlei über den Märchenprinzen, das Kinderkriegen, über Betrug und Ausbeutung, über Leiden und Qual erzählen? Muß sie im Patriarchat nicht schnell entschärft werden, weil sonst das Lügengebäude zusammenbricht, das Liebesromane, Zeitschriften und Gerüchte aufbauen, um Frauen in die Falle zu locken?

Ein Ritual in Mexiko, Südamerika und in Westafrika, das von alten Frauen angeführt wird, ist das „Ehrenvolle Streiten“. Die alten Frauen des Dorfes kommen zusammen und bilden einen Kreis oder vier Ecken, oder wenn nur eine Alte da ist, sitzt sie auf einem besonderen Stuhl oder Gewebe. Menschen, die Streit miteinander haben, kommen zu ihr. Die eine Person geht auf die eine Seite eines auf der Erde gezogenen Strichs, die andere Person auf die andere. Eine fängt an, alles zu sagen, was sie an der anderen stört, was sie über sie denkt, was sie an ihr nicht mag, was sie verletzt und so fort. Dann kommt die andere Frau/Person dran. Wenn alles gesagt ist, fragen die alten Frauen, wie sie es austragen wollen. Dann kann körperlich gekämpft werden, gerungen, ein Wettkampf ausgetragen, ein Orakel gelegt werden. Immer achten die alten Frauen darauf, daß der Kampf fair ist, daß niemand wirklich verletzt wird. Zum Schluß gibt es ein Versöhnungsritual, in das die alten Frauen mit einbezogen sind. Sie versöhnen sozusagen die Streitenden. Danach wird gefeiert, gegessen, getrunken, was vor allem für die armen Bewohner eines Dorfes wichtig ist, weil sie sich hier sattessen können.

Der wichtige, der kritische Punkt bei Übergangsriten (Trennung, Wechsel, Einweihung, Abschied) ist die Zwischenzeit, in der der alte Zustand schon verlassen, der neue noch nicht erreicht und gefestigt ist. In einer Lebensweise, die Übergangssituationen nicht mehr berücksichtigt und schützt, geschehen hier die meisten Verletzungen, Krankheiten, Schäden. Denn die alte Ordnung ist aufgehoben, und die neue gibt noch keinen Halt. Interessanterweise sind es bei uns tatsächlich Neugeborene, die am meisten Schaden erleiden, Pubertierende, Frauen in den Wechseljahren (die besonders anfällig für Krebskrankheiten werden) und Menschen, die in Rente/Pension gehen. Am Übergang vom Winter in den Frühling sterben die meisten Menschen (März). Der Übergang in den Sommer bringt die meisten Immunschwächekrankheiten, Grippen, Infektionen und dergleichen („obwohl" es schon warm ist!).

Die Übergangszeiten im Leben sind: Geburt, Pubertät, Schwangerschaft, Alter, Tod; im Jahr sind es: Frühling, Sommer, Herbst und Winter; im Monat sind es: zunehmender Viertelmond, Vollmond, abnehmender Viertelmond und Neumond; in der Woche ist es der Freitag (ins Wochenende) und der Montag (zurück in die Arbeit, an diesem Tag um 9 Uhr morgens kommen die meisten Herzanfälle vor). Die Übergangszeiten des Tages sind: Morgendämmerung, Mittag, Sonnenuntergang und vier Uhr morgens (zu diesem Zeitpunkt wachen schlaflose

Menschen auf und können nicht mehr einschlafen, um vier Uhr morgens kommt es auch zu den meisten Krisen bei Krankheiten). Moderne Übergangszeiten sind: die Zeit vor der Schule (große Krise), die Zeit nach der Schule oder zwischen Schule und Zuhause und der Urlaub/die Ferien, wo alle festgehaltenen Spannungen und Krankheiten gleichzeitig zu einem wilden Übergangsfest ausbrechen.

Ein Einschlafritual ist ebenso wichtig wie ein Ritual, um erwachsen zu werden. Es genügt nicht, einfach dahinzuleben und aufkommende Probleme irgendwie abzuschütteln, zu ignorieren, bis sie zerstörerische Kraft entfalten, oder sich davon zerlegen zu lassen. Wenn du dein Leben wirklich selbst in die Hand nehmen willst, tust du gut daran, dir zuerst einmal klarzumachen, welche Übergangssituationen dir täglich, wöchentlich, monatlich, jährlich oder in der verbleibenden Zeit deines Lebens begegnen werden. Du solltest dich auch bewußt entscheiden, welche Situationen dir wichtig genug sind, um ihnen ein besonderes Ritual zu geben. Ritual heißt aber nicht: weihevolle Feste, in denen bedeutungsvolles Zeug geschwafelt wird.

Nehmen wir zum Beispiel das Einschlafen, da es eines der Hauptprobleme unserer Breiten ist. Suche dir Imaginationen, die dich beruhigen, ein im Wind wogendes Weizenfeld, Meeresbrandung, ein grüner Wald, eine bestimmte Farbe, das kannst nur du selbst entscheiden, schaff dir eine Atmosphäre, die beglückend und beruhigend ist, Kerzenlicht vielleicht, schöne Musik, guter Geruch, etwas Gutes zu trinken (ehrlich gesagt, solltest du deinem guten Schlaf zuliebe vor dem Einschlafen nichts essen, weil du es nicht verdauen kannst, besonders Käse ist eine sichere Fahrkarte in Alpträume), noch eine kleine Süßigkeit (in geringen Mengen sehr schlaffördernd, nachher Süßholzraspeln für die Zähne oder halt Zähneputzen). Wenn das Einschlafen dir „heilig“ ist, wirst du es schaffen, die Zeit unmittelbar davor so schön zu gestalten, daß du gut schlafen und wirklich süß träumen wirst.

Das Einschlafen als Übergangszone ist von unseren AhnInnen nicht überliefert, obwohl der Schlaf in vielen Kulturen eine Art Vorbote des Todes ist. Dafür wurden die Lebenszeiten und Jahreszeiten um so mehr gefeiert. Die Geburt war der Zustand, der am meisten begleitet, geschützt und mit Ritualen bedacht war. Die Eihaut des Kindes wurde als „Glückshaube“ aufbewahrt und in ein Kissen, einen Schutzfetisch genäht. Das Kind wurde z.B. auch rituell mit der Erde und den am Ort wachsenden Kräutern und Gerüchen verbunden. In Mali werden neugeborene Kinder zum ersten Vollmond in einem Ritual hinausgetragen und dem Mond gezeigt, damit sie überhaupt auf der Erde existieren können.

Pubertätsriten dienten sowohl der Trennung von der großen Nähe zur Mutter als auch dem Schließen des eigenen Universums. Überall auf der Welt werden Initianden extremen Situationen ausgesetzt, damit sie erwachsen und reif werden können. Sie müssen mit Dunkelheit, Angst, Hunger und Durst umgehen, müssen die Trennung von der schützenden Familie, insbesondere der Mutter verarbeiten und sind danach nahe an ihrer eigenen Kraft. Da der Übergangsstatus so gefährlich ist, finden Übergangsriten an besonders geschützten, stets zu diesem Zweck gebrauchten Orten statt.

Viele Feministinnen haben mit ihren Töchtern Menstruationsübergangsrituale gemacht. Die jungen Frauen werden gefeiert, bekommen Geschenke, rotes Essen, und alle Teilnehmerinnen des Fests sprechen über Menstruation, Sexualität, aber auch über Kindheitserlebnisse der initiierten jungen Frauen. Viele haben die Unterwäsche mit dem ersten Menstruationsblut aufgehoben und zu einem Krafttalisman verarbeitet.

Was wir dringend brauchen und woran wir bereits arbeiten, sind Rituale der Menopause, in denen die alten Frauen andere aufnehmen, die sich in dieser Wechselzeit befinden. Der Volksmund sagt ja WECHSEL, aber die meisten Frauen haben mit dem Wechsel ihrer Situation, ihrer Stellung, ihrer Lebensgewohnheiten große Schwierigkeiten. Keine Lebenszeit ist schlimmer besetzt als das Alter der Frauen. Nicht immer und überall war es so. Wir haben uns ja mittlerweile überlieferte Erzählungen und Geschichten von mächtigen, klugen, wichtigen, starken, einflußreichen alten Frauen erarbeitet. Ein Aspekt bei einem Wechselritual könnte sein, wichtige alte Frauen vorzustellen und sie zu beschreiben. Vorbilder haben eine starke Identifikationskraft. Warum sollten wir auf die mächtigste Zeit unseres Lebens verzichten, nur weil die Vorbilder, die Rituale, die Einweisung in die Kraft verschüttet wurden, uns weggenommen sind. Leben wir nicht in einer Zeit, in der wir den Zugang zu allen gelebten Erfahrungen haben können, wenn uns daran liegt?

Der Phantasie ist bei Übergangsriten aller Art keine Grenze gesetzt. Manche mag vielleicht Mysterienspiele machen, wie sie bei Heide Göttner-Abendroth zu finden sind, andere erfinden lieber selbst die Zeiten und die Formen, um zu feiern. Wichtig ist, daß wir uns über die Dünnhäutigkeit und Verletzlichkeit unserer Schwellenzustände klar werden und uns dafür ehren. Und wichtig finde ich es auch, daß wir entscheidende Übergangszeiten im Leben und Sterben endlich wahrnehmen und ihnen die Bedeutung geben, die sie ja ohnehin haben, auch wenn wir sie ignorieren. Frauen, die aus der Kirche ausgetreten sind, so wie ich, empfinden oft den Verlust der kirchlichen Rituale als echten Mangel, und unsere Töchter mögen sich damit schon gar nicht abfinden. Was liegt näher, als eigene Feste und Rituale, eigene Zeremonien und Zusammenkünfte zu schaffen, in denen wir unser Leben und unsere besondere Kraft feiern. Wir sollten uns dabei nicht von starren Formen einzwängen lassen, sondern so kreativ sein wie möglich.

Bestürzend ist der Mangel an Bewußtsein und Aufmerksamkeit dem Tod und allen Sterbevorbereitungen gegenüber. Selbst engagierte, starke Frauen wollen mit dem Tod oft nichts zu tun haben. Ich empfinde gerade die Auseinandersetzung mit dem Sterben als lebendige Zutat meines täglichen Lebens. Ich wünsche mir sehr, daß sich mit der Zeit Sterbebegleitungsgruppen für Frauen bilden, in denen würdevolles, friedvolles Sterben möglich ist. Wenn wir uns im Leben immer wieder bewußt mit Übergangs- und Grenzsituationen auseinandergesetzt haben, wenn wir immer wieder Entscheidungen gewagt haben, auch wenn's die falschen waren, dann wird sich auch das Sterben verändern. Diese Erfahrung verdanke ich meiner Großmutter, die eines Tages auf Kissen gestützt nach einer Krankheit beschloß, jetzt sei es Zeit. Sie aß nicht mehr, trank nichts mehr und sagte: „Ich geh." Wir – vor allem meine Mutter – hielten ihre Hand, saßen an ihrem Bett, ruhig, fast heiter, und irgendwann ging sie wirklich sichtbar „hinüber", über die Grenze, ohne Dramatik, in Würde und Ruhe.

Frau Tabu und die dreizehnte Tür

Du erinnerst dich sicher an das Mädchen, das von seinen Eltern ausgesetzt wurde und schließlich von der Himmelsgöttin Maria, sagen die christlichen Versionen, Ma, Maath, Anath, Nana, Al-Lath könnten wir genauso sagen, gefunden und in den Himmel geholt wurde. In den Himmel, nicht Himalaya, obwohl das Wort Himmel sich von diesem Sanskritwort „Berge des Paradieses" ableitet. Ins Paradies schon eher, ins persische Pairidaeza, den Lustgarten, in dem die Heilige Frau lebte. Sie war schön wie Milch und Blut. Milch und Honig flossen in ihrem Reich. Milch, erinnert dich das nicht an die Heilige Kuh, Hathor zum Beispiel, die ihre Mondhörner des Nachts dem Mondlicht entgegenhielt, was dazu führte, daß ein paar phantasievolle Frauen die Labrys, die doppelsichelförmige Doppelaxt erfanden. Honig, das läßt an die Heiligen Bienen von Kreta denken, mit ihrer Bienenkönigin und den männlichen Arbeitsbienen, den Jahrkönigen, könnten wir auch sagen, denn nach Ablauf eines Jahres voller Hingabe an ihre Königin starben sie, und es war gut so. Milch und Honig, diese alten Symbole matriarchaler Kultur, und das Blut nicht zu vergessen, das Blut, woran erinnert uns das nur?

So weit sind wir aber noch nicht. Da ist also dieses kleine Findelkind, ein Mädchen. Die Himmelsfrau nimmt sich seiner an. Wie du dich vielleicht erinnern magst, lebt sie in einem großen und wunderschönen Haus.

So ein Himmelshaus ist aufregend und seltsam zugleich: Darin findet sich alles, was eine junge Frau zum Leben braucht. In einem Zimmer hat es Musikinstrumente, in einem anderen alle Bücher, die je auf der Welt geschrieben wurden, in einem dritten kann alles gekocht und gesotten werden, was auf Erden gegessen wird, in wieder einem anderen stehen alle duftenden Öle und Salben, Tinkturen und Pflanzen, die für Leib und Seele heilsam sind. Kurz: Das Himmelshaus ist so groß, wie eine es nur haben will, und so klein, wie es gemütlich ist. So weit, wie die Seele schweifen will, und so eng, daß der Verstand zur rechten Zeit auch noch Grenzen findet.

Die Himmelsmutter aber ist eine besondere Frau. Im Winter hütet sie die Tiere und die Wurzeln, sie holt verstaubte Bücher hervor und spricht altes Wissen wieder lebendig. Da gibt es eine Zeit, in der sie ihre Hunde holt, und dann geht es wild dahin über Stock und Stein, da ruft sie alle Seelen und verwilderten Menschenkinder zusammen. Im Frühling singt sie die Pflanzen wach und lockt die Tiere mit süßer Musik aus ihren Verstecken und aus dem Winterschlaf. Im Sommer küßt sie Blüten und Früchte aus den Pflanzen hervor und schmiegt sich in die wogenden Getreidefelder. Im Herbst aber streicht sie mit kühlenden Fingern hierhin, dorthin: Du bleibst noch ein wenig, aber du hast genug, schlaf, schlaf, sagt sie. Stirb, stirb, meint sie. Und alles legt sich und stirbt und schläft, ganz wie sie es sagt.

Du kannst dir denken, daß sie viel zu tun hat. Und jetzt kommt ihr dieses Kind ins Haus. Es tappt herum, unsicher zuerst, zupft an dieser Saite und nascht in jenem Topf. Die Himmelsmutter ist geduldig. Sie weiß, was es bedeutet, wenn ihr eine zu-fällt. Alles darfst du, sagt sie, alles. Hier ist der Schlüsselbund, hier ist das Haus, der Garten, geh und spiel und erforsche alles. Schau überall hinein, lerne, träume, erinnere dich. Nur eins, halt, warte doch, du darfst die 13. Tür nicht aufschließen. Alle Türen, die 13. nicht.

Zuerst ist es der kleinen Frau ganz einerlei. Dreizehnte Tür hin oder her, da gibt es ja soviel zu schauen, so viele andere Geheimnisse zu lüften. Allein schon die Wunder der Küche! Und die seltsamen Bücher. Von fremden Kulturen erzählen sie, von fernen Ländern, Zauberinnen, weisen Frauen. Sie sitzt und liest und träumt und erinnert sich.

Auch das Gefährliche sickert ein in ihre Welt, da sind die wilden Tiere, die mit scharfen Zähnen ihre Beute reißen. Vulkane spucken Feuer aus ihren Bäuchen und schicken steile Rauchwolken in den Himmel, die jahrelang die Welt verdüstern und den Himmel einschwärzen. Sturmfluten überspülen Dörfer, Lawinen verschütten Häuser. Alles steigt auf aus den alten Büchern und rüttelt an den klaren Fenstern ihrer Seele.

Die Himmelsmutter erklärt, erzählt, und während ihre sanfte Stimme spricht und ihre Hände Bilder malen, versteht das Mädchen und fühlt sich geborgen. Zusammen rühren sie die Salben und Tinkturen, die zum Heilen nötig sind, und sammeln Blüten, um duftende Öle anzusetzen. Das Mädchen lernt, Bäume zu pflanzen, aus Getreide Mehl zu mahlen und daraus feine Speisen zu kochen.

Wunderbar und schön ist alles. Und die Sonne scheint, die Vögel singen.

Aber.

Warum darf ich die 13. Tür nicht öffnen. Was ist in dem Zimmer? Muß ich nicht alles kennen, wenn ich bei dir lebe? Komm! Sag doch! Warum denn nicht?

Ja, der Garten ist schön. Ja, die Bücher sind unendlich geheimnisvoll und rätselhaft, und lange noch hab' ich sie nicht alle gelesen!

Aber.

Ich finde nun mal keine Ruhe, wenn ich nicht in die 13. Tür hineindarf.

Was glaubst du denn, was darin versteckt ist?

Ach, es ist mir egal. Ich will nur einfach hinein. Ich spüre, daß alles darin ist, alles, was ich brauche, was ich ersehne.

Und wenn du es hast?

Dann bin ich zufrieden und glücklich.

Und wie es im Leben so ist, wächst dieses einzige aller Verbote zu einer großen Sehnsucht im Herzen des kleinen Mädchens. „Wer weiß, was sie mir vorenthält, die alte Schlampe", denkt das undankbare Kind. Vergessen die Einsamkeit im Wald, der Hunger, der Durst, die gütige Geste der Frau. Vergessen alle Wohltaten. „Ich will und muß nun einmal hinein in diese verdammte 13. Tür. Tabu hin, Tabu her." Und aus der 13. Tür wispert die alte Frau Tabu: „Wage es, komm nur, laß dich von der heiligen Himmelsmammi nicht einschüchtern."

„Warum", denkt das Mädchen, „warum ist die Tür zu? Warum darf ich nicht hinein, was ist da drin, was ich nicht sehen darf? Was bedeutet mir die Welt, wenn ich nicht jeden Winkel betreten kann?" Sie tut ihre Arbeit im Haus, schließt lustlos alle Türen auf und wieder zu. Ergeht sich im paradiesischen Garten. Die erhabene Gelassenheit bleibt aus. Warum? Die Himmelsmutter hat diese Gelassenheit bis in ihre Fingerspitzen. „Na klar", denkt das unruhige Mädchen, „sie war ja auch schon drin."

Und eines Tages muß die Himmelsfrau fort. Wohin? Einkaufen, verreisen, was weiß ich. Jedenfalls geht sie fort und gibt dem Mädchen den Schlüsselbund. „Du weißt ja", sagt sie, „die 13. Tür. Geh ja nicht hinein." Scheinheilig schüttelt das brave Mädchen den Kopf, niemals, nein, doch nicht dort hinein. Die Frau geht.

Ist sie nicht ein wenig traurig? Naja. Jedenfalls ist sie fort. Ein Zimmer nach dem anderen schließt das Mädchen auf. Wunderbar ist es, das Haus auf diese Art neu zu entdecken. Hier sind die Bücher und hier die wundersamen Instrumente. Hier ist die wohlriechende Ölkammer und hier die Küche mit den tausend nahrhaften Düften. Und da sind die weichen Kissen vor dem Kamin und dort das Bett mit den seidenen Tüchern, so, und jetzt. Ist sie auch wirklich fort? Ja, der Park ist leer. Haben nicht die Vögel zu singen aufgehört? Schaut nicht die Katze ein wenig unheimlich? Ziehen da nicht dunkle Wolken auf? Blitzt und donnert es nicht schon?

Zuerst hat das Mädchen Angst und ein schlechtes Gewissen. „Nein, die Frau derart hinters Licht führen... hinters Licht? Was soll denn das schon wieder heißen? In den Schatten? In die Dunkelheit? Führe ich sie denn? Führt nicht sie mich genau da hinein?“ Sie umschleicht die Tür. Frau Tabu ruft heraus, laut und vernehmlich: „Sperr endlich auf, du blöde Gans, wie lange willst du denn noch da draußen herumschleichen?“

Erschrocken springt das Mädchen zurück, um sich gleich darauf noch enger an die Tür zu drücken. Ja, all ihr Glück, ihre Zukunft, ihre Hoffnungen liegen in diesem Zimmer. Schlüssel hineingesteckt, aufgeschlossen, sie drückt die Tür auf. Nichts. Absolut nichts ist zu sehen. Sie steckt einen Finger in die Öffnung.

Oh, als sie ihn zurückzieht, ist er ganz rot. Heftig reibt sie an dem Fingerlein, allein, alle Mühe ist vergeblich, es bleibt rot. Blutrot, sozusagen. Frau Tabu lacht. „Komm rein!“ Und drin ist sie.

Das könnte euch so passen, daß ich euch jetzt auch noch erzähle, was Frau Tabu, die natürlich in Wirklichkeit die Himmelsfrau ist, und das Mädchen da drin machen.

len gar nicht rein, denn diese Tür ist die schäbigste, und kein Ruhm ist dort zu holen. Die anderen sehen sie nicht einmal, denn sie ist, wie du dir denken kannst, transparent. Ja, vielleicht kann sie auch mal ein Labyrinth oder eine Trojaburg, wie Hildegard Landbauer dazu sagt, sein. Aber vielleicht ist sie auch eine zerbeulte Coladose oder ein angeschneuztes Taschentuch? Eine Unternehmensberaterin oder eine kleine Ziege?

„Tabu wird sichtbar, und mit ihr kommt die Kraft, die eingekerkert war – Dämonin, Hexe, Elfe, Kobold, Alte, Todin, Percht. Unter Kirchen, in Käfigen – golden, blechern oder aus Stein –, in vergessenen Kammern verhungert, auf Marktplätze geschleift, gevierteilt wegen ihres Wissens und ihrer Macht", schreibt Ute Schiran in „Mein Begehren ist die Erde".

Frau Tabu wird sichtbar. Und ich sage dir: Sie spielt mit jeder Karten. Sie gibt. Sie läßt sich nämlich nicht mehr in die Karten schauen und sich noch weniger die Karten aus der Hand nehmen.

Und du?

A Rite of Passage – Durchtritt

„Jetzt, mitten in der Nacht willst du da noch hinfahren?" fragt meine Mutter stirnrunzelnd. „Ja, jetzt." „Dann nimm wenigstens eine Brotzeit mit." „Mami, für ein Ritual brauch ich keine Brotzeit", sage ich. „Glaub mir, eine Brotzeit kannst du immer brauchen", sagt sie. Sie macht mir Buttersemmeln, sogar Kaffee. „Nein, bitte, keinen Kaffee", sage ich. „Freilich, du brauchst doch was Warmes, wenn es dich friert!" sagt sie.

So fahre ich also an meinen Medizinplatz im Gebirge, mit Kaffee in der Thermoskanne und einer Brotzeit. Etwa vierzig Minuten muß ich laufen, zum Teil bergauf. Dekke, Rasseln, Streichhölzer, meine Verbündeten – alles muß ich schleppen. Dazu noch die Alu-Überlebensdekke und den Schlafsack.

Es ist kalt. Und feucht. Jede Nacht ist bei uns einfach feucht, auch wenn der Sommer noch so warm ist. Meine Tochter ist bei meiner Mutter geblieben. Ich bin sorglos und frei. Zuerst richte ich mein Lager her, dann ziehe ich einen großen Kreis um den Platz, den ich brauchen werde, und einen kleinen Kreis, wo ich mein Übertrittsritual feiern will. Übertritt wohin? Ich will feiern, daß ich einen wirklichen Kontakt zur anderen Welt aufgenommen habe.

Ich ziehe mich aus, streiche den Körper mit Lehm ein, schlottere, zünde ein kleines Feuer an, bemale mein Gesicht. Vom uralten Wacholderstrauch breche ich einen Zweig und räuchere. Schritte. Nein! Das kann doch nicht wahr sein! Warum habe ich nicht längst in die vier Ecken gespuckt, so daß mich niemand bemerkt? Im letzten Moment werfe ich mir ein Tuch um und binde es.

Ein Uniformierter mit Gewehr und Fernglas. „Guten Abend", sage ich höflich. Er: „Abend. Was soll denn das werden, wenn's fertig ist?" „Der Kaiserwalzer", sage ich. „Aha", sagt er. „Einen Ausweis haben Sie nicht zufällig dabei." Ich unterdrücke einen panischen Lachanfall, der auch umkippen könnte. Ich suche in der Tasche und finde tatsächlich den Ausweis. „Erkennen Sie mich wieder?" frage ich. Er lacht leise, gibt mir den Ausweis zurück. „Ich paß' halt dann ein bißchen auf Sie auf", sagt er fast schüchtern, „daß Sie mir nicht gestohlen werden." „Vielen Dank", presse ich hervor. Er geht. Ich bin irritiert. Immerhin: Ich existiere. Ich habe einen Ausweis.

Ich lege meine Medizingegenstände in den Ritualkreis und vier Steine für die vier Himmelsrichtungen auf die Linie. Lege Holz aufs Feuer, spucke Gin in alle vier Richtungen, fange an, leise zu singen und zu lachen und mit den Zähnen zu klappern. Dazu paßt rhythmisch das leise Rasseln. Ich rufe die Elemente, die Göttinnen, meine Tiere. Ich tanze im Inneren des Ritualkreises, meine Stimme wird leiser, erstirbt. Fledermäuse. Rascheln, Zischen, Rappeln, irgendwo ganz in der Nähe. Kein Mensch, ich kann es fühlen. Kein menschlicher Blick auf mir. Ich singe leise. Undefinierbare Laute formen sich, fallen aus meinem Mund, begleitet von hohen klagenden Tönen. Ich werfe die Kauris, und sie sagen: Alles ist im Gleichgewicht, und eine Kauri ist offen für den Himmel. Ich hüpfe wie eine Lahme. Imitiere leise die Geräusche, die ich höre. Setze mich in die Mitte des Kreises, mein Schild vor dem Körper, wiege mich, einen tiefen langgezogenen Ton im Bauchtopf kreisend.

Da ist er wieder. Ich wiege mich immer noch. Er steht

hinter mir. „Tun Sie mir einen Gefallen und gehen Sie in Ihre Schießbude“, sage ich. Keine Antwort. Das Feuer flackert. Fledi fliegt dicht über meinem Kopf. Die alte Wacholderin macht „tztztztz“, als der Wind sachte ihre Äste bewegt.

Ich spüre die Präsenz einer Person im Nacken, und die Haare stellen sich mir auf, denn es ist nicht der Zollbeamte. Es ist eine andere Person, niemand, keine, und doch eine. Berührung auf der Haut wie eine kühle Hand, die schnell drüber streicht. „Hmhmhm“, brumme ich, um nicht vor Angst zu schlottern.

Der Lehm auf meiner Haut ist trocken, rissig. Ich bin die verdörrte Erde, aus meinen Rissen krabbeln magere Käferlein, Wind streicht über meine ausgebleichte Oberfläche. Zwei Hände über meinen Schultern. Ich fahre herum, halb ohnmächtig vor Schreck, da ist niemand. Einfach niemand. „Wawawawa“, singe ich, um mich zu beruhigen, springe auf, hüpfe und tanze ein bißchen.

Der Kaffee! Ah! Jetzt ist er genau richtig. Ich trinke Kaffee und esse meine Brotzeit. Essen und Trinken hält Leib und Seele zusammen, welcher weise Mensch hat das in einer ähnlichen Situation wie dieser wohl herausgefunden? Ein Käuzchen ruft. Mit beiden Backen kauend überlege ich, daß das ein schlimmes Klischee in einem Film wäre. Da steht sie, keine fünfzig Meter von mir entfernt, an die Felswand gelehnt. Fast verschlucke ich mich. „Du weißt, wo du mich findest.“ Ja, ich weiß, aber ob ich das noch mal durchstehe?

Tanzen, Summen, Rasseln, meine Füße sind aufgerissen, ich merke es nicht, gelegentlich tanze ich ins Feuer, Funken springen in die Nachtluft und fallen wieder zur Erde. Ich folge ihr, tanze in ihre Welt, die ist leicht und zart. Am Lied ziehe ich mich hinein, der tanzende Körper schüttelt die fremde Landschaft zu einem klaren Bild.

Drei Felsen. Hier lebt sie also. Ich höre das Feuer, ich höre den Wind im Wacholder, aber ich sehe die Felsen auch. Sehe den großen schwarzen Topf. Ich sehe sie, ich sehe auch meine weißen, fahlen Beine, sehe den Lehm abbröckeln, wie von einer alten Fassade, sehe meinen Schlafsack, sehe aber auch die Schlangen, ihre Schlangen, die alte Echse, gelbes Auge, seufzendes Atmen. Tanze hin und her, von ihrer Welt in meine und zurück. Schlüpfe irgendwann zu Tode erschöpft staubig in den Schlafsack, falle in traumlos tiefen Schlaf. Am Morgen nieselt es, verdammt, verdammt. Ich suche alles zusammen. Da ist ein kleines Stück Schlangenhaut, von einer ganz jungen Schlange, gerade genug, um die andere Welt so real werden zu lassen wie die Welt von Kaffee und Brotzeit. Im Nacken stellen sich kurz die Haare auf.

SCHLÜSSELWORTE

AHNIN. Wenn du auf ihren Schultern stehst, das heißt, dir ihr Wissen erarbeitest, kannst du wachsen und groß und stark werden. Wer ist eine Ahnin? Jede, die dich interessiert!

AURA. Die Leute, die am meisten davon reden, haben am wenigsten Ahnung. Sagen wir mal, die Aura ist deine spirituelle Eihaut, dein Schutz und deine Antenne zugleich. Hüte dich vor Auraknackern und vor Veranstaltungen, die dir einen Aurainfarkt bescheren.

DEPRESSION ist ein sicheres Zeichen, daß dein Körper sich nicht mit dem abfinden will, was der Kopf diktiert. Geh ihr nach und schau genau, WO sie entsteht.

ENERGIE ist für Geist und Seele, was Nahrung für den Körper bedeutet. Balanciere deinen Energiehaushalt (was kommt rein, was geht raus?), dann kannst du Punkt D überspringen.

ERKENNTNIS ist der Impuls, der von Frauen gern ignoriert oder verdrängt wird. An der Erkenntnis fehlt's uns nicht, eher schon an den Folgen dieser Erkenntnis. Merke: wer E sagt, muß auch F sagen.

GEBURT ist ein schöpferischer Vorgang, der sich in jedem Moment neu wiederholt. Laß dir bloß nicht einreden, daß Frauen nur Kinder gebären können. Ich hab' einen wunderschönen Medizinbeutel geboren, gerade gestern!

GEHORSAM. Vergiß dieses Wort und sage Nein, auch wenn das jetzt im Alphabeth noch nicht dran ist. Gehorsam hat Erkenntnis und Wissen ersetzt. Mach es mal eine Zeitlang umgekehrt. Anstrengend, aber lohnend!

GEISTER. In Bayern kennen wir Himbeer, Wacholder, Weingeist und andere. Geister lieben Himbeergeist. Wenn sie besoffen sind, erzählen sie Anekdoten aus dem Leben der Heiligen. Köstlich!

GESANG. Reisemittel in alle Welten, einschließlich in die gute Laune. Erfinde eigene Gesänge, dann brauchst du nicht von anderen teuer Singen zu lernen. Laß Töne wie Schmetterlinge aus deinem Mund fliegen, und horch, wo sie ankommen.

GURU. Geh ruhig hin, wenn du glaubst, du mußt. Aber vergiß nie, daß es die SchülerInnen sind, die Gurus nähren. Vielleicht brauchst du die Nahrung ja mal selbst?

HEXENSCHUSS ist ein Alarmzeichen der weisen Alten. Stärke dein Rückgrat! Mach dich nicht immer so klein, dein Rücken will größer sein!

HINGABE kann sehr lustvoll sein, aber nur, wenn du dabei nicht gestört wirst. Sich hingeben und dabei benutzt oder ausgebeutet werden – das Letzte!

Das HÖHERE SELBST. Leute wie Chris Griscom, die Lamas, die Meister, die Brüder, sie alle haben es. Ich habe es bei mir noch nicht entdeckt. Es scheint der Teil von dir zu sein, der immer fromm und redlich das Heilige sucht und das Schmutzige meidet. Ich bin allerdings auch nicht so scharf drauf, alle meine Einzelteile extra zu schmieren.

HYSTERIE. Wenn du für hysterisch erklärt wirst, kannst du innerlich frohlocken. Du hast den Finger in die Wunde gelegt. Jetzt wird es allerdings lebenswichtig, daß du dich vorsiehst. Sei heimlich weiter hysterisch und sammle all dein Wissen, all deine Verbündeten um dich. Gib keine Auskunft. Missioniere niemanden. Hüte dein Wissen.

JAHRESZEITEN. Angeblich gibt es vier, bei uns wechseln sie irgendwie jeden Tag, aber weil wir gemeinsame Rituale feiern wollen, haben wir uns auf die im Sonnenkalender bezeichneten Daten der Jahreszeitenanfänge geeinigt. Ich persönlich feiere den Frühling, wenn ich den ersten Kuckuck höre. Denn dann sind alle Vögel da, und Frau Kuckuck, das alte Punkweib, das weder Lust zu brüten noch zu nähren hat, lehrt mich ihre Lektion: Verantwortung abwerfen und wildern!

KOMMUNIKATION sind Impulse, die von Mensch zu Mensch durch Bewegen der Lippen und gleichzeitiges Ausstoßen von Lauten, von Mensch zu Tier ähnlich ausgesendet werden. Obwohl das immer wieder heftig negiert wird, gibt es auch Kommunikation, die unabhängig von Lippen, Worten, Telefon oder Fernsehen abläuft. Mücken erschlagen gehört dazu oder der Versuch, telepatisch Verbindung aufzunehmen. Es wird übrigens immer wieder behauptet, daß Lippenbewegen und gleichzeitiges Ausstoßen von Lauten, allgemein „Sprechen" genannt, heutzutage nicht mehr als Kommunikationsform bezeichnet werden kann, weil dabei keine Informationen mehr weitergegeben oder empfangen werden.

KOSMOS, auch Universum genannt. Wird von Esoterikern viel beschworen, ist aber nichts weiter als 99,99 % des Lebensraums. Am besten spürst du ihn in der Nacht, wenn er das schwarze Maul aufsperrt und „Erde verschlucken" spielt.

KRÄUTER sind die Botinnen der Erde. Verstehst du sie, dann geht's dir gut, und du wirst Teil von ihnen/sie Teil von dir. Sie sprechen nämlich am liebsten mit deinem Mund, mit dem Magen und dem Darm. Aber auch auf der Haut haben sie einiges zu sagen, ganz zu schweigen von der Nase und den Augen. Da kannst du mal sehen, wie vielseitig sie sind!

LICHT. Es wird jeden Tag hell, auch wenn du nicht meditierst. Dasselbe ist über die Dunkelheit zu sagen.

LINEARITÄT ist nach dem Längenmaß des männlichen Geschlechtsteils entwickelt worden. Alles, was also in Länge zu messen ist wie z.B. auch Wege, Ziele usw., wird in linearer Energie angestrebt. Allgemein wird das „von A nach B" genannt. Es hat sich herumgesprochen, daß man dabei nirgendwo ankommt – oder höchstens in der Intensivstation eines Krankenhauses. Wege, die wirklich wohin führen, drehen sich ein und aus.

MACHT/KRAFT ist nur als Eigen-Macht denkbar. Verhindere alle anderen Machtgelüste, indem du dich nicht unterwirfst, indem du sagst, was IST, denn es geht hier um eine Frage von Leben und Tod.

MEDIZIN ist etwas ganz anderes! Medizin ist der Stoff, der dir deine Lebenskraft, Lebenslust, Heiterkeit und Lust bewahrt. Für manche sind's Pommes Frites, für andere Stoffe oder Gummibärle, für mich ist's Habichtfeder und Echse und Steine und Beinwell, und, ach, es ändert sich auch oft! Finde deine Medizin, das, was dich glücklich, wohlig, stark und schwach zugleich macht!

MIGRÄNE. Oft der einzig ehrliche Impuls in einer domestizierten Frau, ähnlich wie die Depression. Geh ihr nach. Verweigere Schmerzmittel, stell dir lieber vor, du rast in einen engen, dunklen Tunnel, irgendwann kannst du es, der Schmerz hört auf, und am anderen Ende kommt's dann...

MITOCHONDRIEN, nicht etwa Mythochondrien, und ich habe sie nicht erfunden, obwohl ich darauf stolz wäre. Sie sitzen am Zellkernrand und haben auch noch jede Menge anderer Fähigkeiten, die allerdings aktiv nur von Müttern auf Töchter vererbt werden. Sie sind für den Sauerstoffaustausch in den Zellen verantwortlich. Auch Söhne erben die Mitochondrien ihrer Mütter, aber bei den männlichen Menschen bleibt das Wissen der Mitos inaktiv. Sie geben zum Beispiel eine Überempfindlichkeit auf Gifte durch. Woher ich das alles habe? Meine Güte, wenn dir dein Körper lieb ist, dann setze dich bitte mal auf die Spur von Mitochondrien, Melatoninen (das Traumhormon aus der Zirbeldrüse) und Serotoninen (Botenstoffe). Geh und nerve deinen neunmalklugen Hausarzt, wetten, er weiß nicht Bescheid? Ärzte sind ja so uninformiert! Lies alles, was du kriegen kannst, aber vor allem: Sprich mit deinen Zellen, deinen Botenstoffen, deinen Hormonen. Lerne dich kennen. Noch ist Zeit!

MÜDIGKEIT. Bakterien und Viren und vermutlich noch jede Menge anderer Kleinlebewesen, die ihre Länder und Staaten in deinem Körper aufgebaut haben, geben dir erste Hinweise, daß du aufhörst zu leben, sie ziehen dich runter, lähmen dich. Wenn du chronisch müde bist, wirf alles hin, was du getan hast, und fang an zu leben.

NEIN ist das Schlüsselwort für etwas mehr Zeit und Raum. Wage es!

OM ist ein heiliges Wort bei den Buddhisten, als Kind sprach ich es ständig aus, denn ich wurde von meiner Om-a betreut.

ORAKEL. Wenn du etwas wissen willst, lerne fragen. Da es wesentlich schwerer ist, die richtige Frage als die richtige Antwort zu finden, wirst du mit dem Fragen wohl lange beschäftigt sein. Taucht eine Frage auf, dann sammle Antworten. Eine ist so gut wie die andere. Verzichte aber nie auf das, was du aus der Frage lernst.

PARTHENOGENESE. Ein schmerzliches Wort, denn ich muß euch gestehen, es gibt zwar viele Gerüchte, aber bisher noch keinen fleischlichen Beweis. Sogar meine Tochter fängt an, dem vermutlichen Vater zu ähneln.

REVOLUTION ist ein bißchen aus der Mode gekommen und alles in allem doch ein sehr patriarchaler Zustand. Revolution glaubt noch an das Gute und an das Böse, an Richtig und Falsch, ist eine dem Polaren verhaftete Energie. Wenn du mal so weit bist, daß du das mit der Polarität abhaken kannst (beobachte nur lange genug Tag und Nacht, dann weißt du, was ich meine – oder, sagen wir, schreib mir eine Postkarte, wenn du entdeckt hast, wann genau die Nacht anfängt), wenn du also so weit bist, dann wirst du Revolution durch Tanzen, Drehen, Bewegen ersetzen. Und sag nicht, vielleicht ändert sich dann endlich was. Alles ändert sich die ganze Zeit. Oder was hast du gedacht?

SCHAMANEN. Obwohl der Beruf aus Sibirien stammt und dort entwickelt wurde, gibt es nicht-sibirische SchamanInnen wie Sand am Meer. Laß mich eins gleich mal betonen: Es gibt keine afrikanischen Schamanen. Und die meisten Schamanen, die es sonst noch gibt, sind eigentlich gar keine. Sie beherrschen aber die Grundregel der Magie: Wie man Leuten Materie (Geld) aus den Taschen zieht, ohne daß sie Widerstand leisten. Auf manchen Workshops wird „Schaman-Quick" angeboten. Du saugst es ein und bist erleuchtet. Oder sagen wir: Du bist so drauf, daß du das glaubst!

SEELE. Sie ist das, womit du weinst und lachst und haderst. Sie bringt Fachleuten mittlerweile mehr Geld als die Verdauung. Die Seele ist ein Schwarm von verbündeten Energien. Wirst du lebensbedrohlich attackiert, fliegt der Schwarm fort, und die Attacke trifft nur den fleischlichen Leib.

TABU. Einst sinnvolles Verbot von zerstörerischem Handeln oder Verletzung heiliger Dinge oder Personen (z.B. kleine Kinder). Patriarchale Tabus wie alte Frauen, die Zahl 13, das Streiten, freche Frauen usw. sind aber ein wichtiger Hinweis darauf, wo uns Kraft abgezogen wurde und wird. Jede Gesellschaft offenbart sich restlos in ihren Tabus. Schau sie dir genau an.

THERAPIE. Mittlerweile gibt es mehr Therapeuten als Menschen, die eine Therapie brauchen. Deshalb werden neue, geheimnisvolle Krankheiten und Schäden erfunden, die in Therapien aufgebaut werden, um dann langsam wieder abgetragen zu werden. Für Frauen bringen es eigentlich nur feministische Therapeutinnen. Denn die meisten Therapien zielen darauf ab, dich mit Männern auszusöhnen. Dazu mußt du aber wissen, daß 80 Prozent der Anbieter Männer sind, während rund 80 Prozent der Hilfesuchenden Frauen sind. Laß dir eins gesagt sein: Auch wenn du dich noch so anstrengst, du wirst nie zum weiblichen Mann. Wie wär's, wenn du versuchen würdest, einfach du selber zu sein?

TRAUMZEIT ist die Zeit, die neben der Arbeitszeit tanzt. Manchmal verbinden sich beide. Wenn du sie wahrnimmst, hast du den ersten Schritt in die uhrlose Zeitlosigkeit getan. Deine Traumzeitwächter geben dir dann deine Termine rechtzeitig durch. Nicht alle. Manche lassen sie unter den Tisch fallen, weil sie mehr Lust zu tanzen haben. Das ist das Risiko. Ich lebe gut damit.

VERBÜNDETE sind Wesen, die Lust haben, ein Stück unseres Weges zu teilen. Entgegen Castanedas Lehre vom Lähmen, Quälen und Blenden seiner verbündeten Tiere gehen wir Frauen davon aus, daß Wesen sich freiwillig verbünden. Um sie zu verstehen, müssen wir ihre Sprache verstehen. Das heißt meistens: Klappe halten, lauschen. Verbündete kommen fast immer von allein und gehen wieder, wenn's reicht.

ZEIT ist eine Illusion, aber je mehr du davon hast, um so realer wird sie.

Dieses Buch widme ich den weisen Alten, die ich so verehre:

- Margarethe Pellkofer und Rosina Thomele, meinen Großmüttern
- Susanne Wenger, die als Yorubapriesterin seit 40 Jahren in Nigeria lebt
- Hildegard Landbauer, meiner mythischen Tanzlehrerin aus dem Altersheim
- Elly Beurer, die als Kind in Museen statt in Kirchen ging und in Murnau ein verzaubertes Antiquitätengeschäft hat
- Zora Neal Hurston, der einzigen Ethnologin, die ich wirklich verehre
- Felicitas Goodman, die sich rasselnd zu verjüngen scheint, Goodwoman!
- Maria Reiche, die in Peru mit ihrer Schwester die Nazca-Linien erforscht
- Georgia O'Keeffe, die tyrannisch einen tyrannischen Mann überlebte und malte, daß sich Lippen öffneten
- Alexandra David-Neel, die als erste/einzige europäische Frau in die tibetische Bön-Tradition und in den lamaistischen Buddhismus Tibets eingeweiht wurde
- Nancy Spero, deren Frauen aus allen Zeiten und Kulturen auf atemberaubenden Bildern die Zukunft erstürmen
- Leonora Carrington, die sich und uns frei-schrieb
- Amawu, Voodoo-Priesterin und meine Lehrerin
- Erika Wisselinck, der über-mütigen Philosophin
- Fränzi Altmannshofer, meiner Tante, die kettenrauchend beweist, daß dich nicht umbringt, was dir Spaß macht
- Trudi Blom, die noch mit 89 Jahren in Mexiko für den Regenwald und gegen Spekulanten kämpft
- Ruth Cohn, die gegen Sieger und stupide Linearität arbeitet
- Trudl Thomele, meiner Mutter, die den deutschen Alpenverein um das Führungsprinzip, „mit der schwächsten Person in der Gruppe" und nicht mit der schnellsten, bereichert hat.

Mögen sie der Anfang einer langen Ahninnenreihe sein, die wir uns gegenseitig vorstellen und damit ehren.

Luisa Francia

geboren 1949, lebt mit ihrer Tochter bei München. Sie ist Filmemacherin und Autorin. Zusammen mit Margarethe von Trotta schrieb sie die Drehbücher „Das zweite Erwachen der Christa Klages“ und „Schwestern“, machte später eigene Filme („Hexen“, „Die Anstalt“, „Nur in der Fremde ist der Fremde fremd“, „Alles möglich“) und verfaßte die Theaterstücke „Fischmaul“ und „Salome“. Sie veröffentlichte Gedichte in verschiedenen Anthologien und Zeitschriften.

Im Verlag Frauenoffensive sind von ihr erschienen: „Berühre Wega“ (1982), „Kalypso“ (1984), „Mond, Tanz, Magie“ (1986), „Drachenzeit“ (1988), „Zaubergarn“ (1989) und „Spielend Scheitern. Ein Leidfaden für Frauen mit dreizehn Tips zum Mißerfolg“ (1990). Im Stechapfel Verlag Zürich: „Hexentarot“ (1981) und „Der afrikanische Traum“ (1985). Bei Piepers Medienexperimente, Löhrbach: „Ich machte mich auf die Findung“ (1988).